中國詞史大綱

胡雲翼◎著

山西出版傳媒集團
山西人民出版社

中國詞史大綱

主　　編　許嘉璐
著　　者　胡雲翼
責任編輯　梁晉華

出 版 者　山西出版傳媒集團·山西人民出版社
地　　址　太原市建設南路21號
郵　　編　030012
發行營銷　0351-4922220　4955996　4956039　4922127(傳真)
天猫官網　https://sxrmcbs.tmall.com　電話　0351-4922159
E-mail　sxskcb@163.com　發行部
　　　　sxskcb@126.com　總編室
網　　址　www.sxskcb.com

經 銷 者　山西出版傳媒集團·山西人民出版社
承 印 廠　山西出版傳媒集團·山西新華印業有限公司

開　　本　700mm×970mm　1/16
印　　張　15.75
字　　數　160千字
版　　次　2014年11月　第一版
印　　次　2024年2月　第二次印刷
書　　號　ISBN 978-7-203-08685-7
定　　價　79.00圓

圖書在版編目(CIP)數據

中國詞史大綱 / 胡雲翼著. -太原: 山西人民出版社, 2014.11(2024.2重印)
(近代名家散佚學術著作叢刊 / 許嘉璐主編)
ISBN 978-7-203-08685-7

Ⅰ. ①中… Ⅱ. ①胡… Ⅲ. ①詞曲史-中國
Ⅳ. ①I207.23

中國版本圖書館CIP數據核字(2014)第205940號

《近代名家散佚學術著作叢刊》編委會

總主編　許嘉璐

編委會　王紹培　王繼軍　許石林　李明君
　　　　汪高鑫　趙　勇　梁歸智　樊　綱
　　　　（按姓氏筆畫排序）

總策劃　越衆文化傳播·南兆旭

出版工作委員會

主　任　李廣潔

副主任　姚　軍　石凌虚

委　員　周　威　梁晉華　徐　勝　顔海琴
　　　　張文穎　秦繼華　馮靈芝　張　潔

設計總監　李尚斌

設計製作　王秀玲　何萬峰　歐陽樂天

出版説明

近代名家散佚學術著作叢刊選取一九四九年以後未再刊行之近代名家學術著作共一百二十册，編例如次：

一、本叢書遴選之著作在相關學術領域具有一定的代表性，在學術研究方向、方法上獨具特色。

二、爲避免重新排印時出錯，本叢書原本原貌影印出版。影印之底本皆經專家組審定，原書字體大小，排版格式均未做大的改變，原書之序言、附注皆予保留。

三、本叢書分爲八大類，以作者生卒年編次。

四、爲使叢書體例一致，本叢書前言後記均采用繁體字排版。

五、個别頁碼較少的版本，爲方便裝幀和閲讀，進行了合訂。

六、少數學術著作原書内容有個别破損之處，編者以不改變版本内容爲前提，部分進行修補，難以修復之處保留缺損原狀。

七、原版書中個别錯訛之處，皆照原樣影印，未做修改。

八、所選版本之抽印本頁碼標注，起始至所終頁碼均照原樣影印，未重新編排標注新頁碼。

由於叢書規模較大，不足之處，殷切期待方家指正。

總序／

披沙瀝金，以爲鏡鑒

◇許嘉璐

多年來有一個問題始終在我腦中盤桓：爲什麽在十九世紀末到二十世紀初，在短短的幾十年裏，中國的各個學術領域竟涌現了那麽多大師級的人物？這是中國近代史上一個極爲重要的現象，我認爲，如果不能給出令人滿意的答案，我們撰寫的近代學術史將是不完整的，甚至是缺乏靈魂的。後來我知道，著名人類學家克羅伯曾提出過一個問題：爲什麽天才成群地來？看來這種現象的出現並非中國所獨有，思考其所以然的也大有人在。而在那一次世紀之交中國的情況，似乎應驗了「天才成群地來」這個令克氏久久不解的疑問。錢學森先生曾從相反的方向提出了相同的疑問：爲什麽我們這個時代出現不了杰出人才？後來人們稱這個問題爲「錢學森之謎」。

要回答這些疑問不是件容易的事。與其迅速地囫圇地探尋，不如先多了解那些讓中國近代學術（應該包括人文科學和自然科學）史上閃耀着光輝的大師們的作品和自述，從而在腦海里盡量「復原」他們所處的環境和在那種環境下的心理路徑，從中或許可以得到一些啓示。

有一點是顯然的，這就是他們雖然都已遠離塵世而去，但是他們獨立思考的品性、求知治學的真誠、困厄窮愁中對節操的堅守，恐怕是他們共同的主觀因素，一直影響到現在，而且將會永遠留存下去。

就思想界、學術界而言，二十世紀上半葉是一個新説和舊説碰撞，中學和西學融匯的大時代。那時的學人極爲重視言行操守，同時具備現代知識分子的理想信念；他們的學術研究十分純淨，絶少功利因素；他們的視界開闊，以包容的心態和嚴謹的風格造就了成果的大氣與厚重。至於在客觀因素一面，他們實際是在用工業化時代的事實解説着太史公所説的名山之作「大抵聖賢發憤之所爲作」，困厄苦難使得他們「皆意有所鬱結」。這種鬱結，幾乎和個人的名利毫無牽涉，他們永遠不能釋懷的，是民族的存亡、國運的興衰、民衆的福禍和文脈的續斷。

那個時代也是近代歷史上最大規模的中西古今學術調適、創新的時期，學術方法上的交互滲透和融合、創新亦可謂「於斯爲盛」。斯時之學人是要在封閉的屋墻上鑿出窗子的勇士，是使人能够看看外部世界的第一批導夫先路者；或者可以説，他們是在「意有所鬱結」時「彷徨」和「吶喊」的「狂人」。

相對於那時的哲人們，後來者是幸運兒。現在的形勢是，近三十年來學界空前繁榮，衆多學科有了長足之進，其中很重要的一點是學界有了更新穎、更廣闊的國際視野，似乎接續上了百年前的學壇盛事。但細想想，「古」與「今」還是有差别的。其异，主要不在於世界情勢、學術進展、工具改善這些客觀存在，而在於在廣泛吸收各國優長的同時，自身文化的主體性越來越受到重視，换言之，「拿來主義」已經延長了「拿來」的程序，加上了試用、甄别、篩選、吸收、融合、成長。就我孤陋所見，在當今地球上，面向所有異質文明，努力汲取我之所缺，其範圍之大和心態之切，似乎無出中國之右者。從這個角度説，我們已經超越了前輩。但是事情還有另外一面，學術，特别是人文學科，其職業化、「沙龍化」和功利性，以及隨之而來的浮躁病却嚴重了。從這個角度説，是不是我們已經後退得够可以的了？而這是不是我們這個時代出不了大師的原因之一呢？

民國學術界的特點之一是極爲注重對傳統的反省、批判與繼承。他們對傳統文化盡最大的努力進行整理和研究。一方面，由於戰亂頻仍，民不聊生，學者們擔起了讓中華文化薪火相傳的歷史責任；另一方面，他們要通過對中國傳統文化的整理、挖掘來重振民族自信心。這一時期對傳統文化進行整理的全面而深入是前所未有的，舉凡文字學、語言學、經濟學、法學、哲學、政治制度、書法繪畫、金石學……規模之宏大，研究之精微，令人嘆爲觀止。

民國學術推動了現代學科體系的建立。在對傳統文化整理和研究的基礎上，吸收西方的文化思想和理念，推動和建立了中國現代學科體系。例如，在對語言文字和音韻學成果進行整理、研究的基礎上開始着手規範之，建立了國語學；深入研究書法、國畫，將其融入了現代美術學科；在廢除舊有學制後逐步建立起小、中、大學較完整的科目和學科體系。

民國學術也改變了傳統學術方式，建立了新的研究範式。以現代科學考古爲發端，科研的實踐和成果使中國知識界真正認識到在實驗、比較基礎上的邏輯分析對學術研究的重要，推進了中國學術的一大演變。至於我們常説的打破士大夫傳統、走出書齋到田野鄉村和市民中進行調查研究、結束了經學時代、以歷史眼光檢視儒學和諸子等等，都是確立新學術範式的努力。這一轉變，也標誌着中國學術界脱胎换骨，全面進入了現代，爲此後的學術發展奠定了堅實的基礎。當然，西方啓蒙運動以來，在「現代性」和「現代化」裏潛伏着的缺陷和謬誤也傳到了中國，這些不能不在前哲的著作裏留下痕迹。這並不奇怪。類似的情況，古往今來孰能免之？猶如今天的我們，誰敢自稱我之所見就是永恒的真理？在這個問題上兩個時代所異者，或許就在昔時大家創立新説或譯註西學著作，往往是懷着對學術和前哲的敬畏而爲之，故而常常誤不在我；當今則往往出於對學問和他人的輕蔑，或以所研究的對象爲謀己的工具，因而難辭主觀之咎吧。翻閱他們的心血之作，這些復雜的狀況可以顯見，可以視之爲我們的一面鏡子。

滄海桑田，世事變幻，歷史的動盪和時代的遮蔽，使當年許多大師的一些極有價值的學術著作被棄於故紙堆中，不能不令人有遺珠之憾。爲此，山西人民出版社不惜以數年之艱辛，披沙瀝金，編輯出版這套近代名家散佚學術著作叢刊，凡一百二十册，計文學、史學、政治與法律、美學與文藝理論、民族風俗、宗教與哲學、經濟、語言文獻共八大類别。所選皆爲作者之純學術著作，無論是其見解、精神，抑或是其時代烙印，都是後輩學人可資借鑒的寶貴財富。他們出版這套叢書，意在讓世人不忘來程，知篳路藍縷之不易，爲民族文化的傳承再增薪木。

出版社的初衷，與我近年來所思所慮近似，故願略述淺見於書端，以與策劃者、編輯者和讀者共勉。

二〇一四年七月六日

改定於自安東回京途中

前言／猛回頭，那支支紅燭

——二十三種民國文學研究著作概覽

◇梁歸智

「視爾夢夢，天胡此醉？於時處處，人亦有言！」

此聯乃北京宣南（宣武門外舊城區）北半截胡同四十一號中「莽蒼蒼齋」楹聯。齋主何人乎？即戊戌變法失敗而捐軀之「六君子」中翹楚譚嗣同字復生號壯飛者也。慈禧太后發動政變，逮捕維新黨人，友人勸譚嗣同逃避，他堅辭曰：「外國變法未有不流血者，中國變法流血請自嗣同始。」乃於一八九八年九月二十四日被捕，繼而遇害於菜市口。臨刑前仍大呼曰：「有心殺賊，無力回天；死得其所，快哉！快哉！」

自此而後，果然爲變法——改變社會制度而流血不止，一九一一年十月十日辛亥革命成功，中國歷史上最後一個封建王朝被推翻，一九一二年一月一日中華民國成立。然餘波未息，新瀾迭起，袁世凱竊國，張勛復辟，北洋軍閥混戰，國民黨軍北伐，中國共産黨成立，國共争鋒，時而合作，時而破裂，日本入侵，八年抗戰，勝利後繼以三年内戰，終於以一九四九年十月一日建立中華人民共和國而告一大段落。

從一九一二年一月一日到一九四九年十月一日，凡三十八年，此即「民國」時段也。

三十八年過去，彈指一揮間。戰焰紛飛，生靈涂炭，歷史真是「相斫書」！而文明的燭火，點點簇簇，飄曳閃爍於如磐夜氣之中，雖遭暴風，遇疾雨，而終不熄不滅。其中最具象徵性的事件，乃一八九七年二月二十一日在上海成立之商務印書館，於一九三二年一月二十九日遭日本侵略軍針對性轟炸，占全國出版量百分之五十二的出版巨頭損失一千六百三十萬元，百分之八十以上資産被毁，其所屬東方圖書館同時被炸，四十五萬册圖書化作劫灰，其中有無數古籍善本、孤本！日軍侵滬司令鹽澤幸一狂吠：「炸毁閘北幾條街，一年半就可恢復，只有把商務印書館、東方圖書館這個中國最重要的文化機關焚毁了，牠則永遠不能恢復。」而劫難後的商務印書館，懸掛出「爲國難而犧牲，爲文化而奮鬥！」的巨幅標語，經半年即宣告復業，實現了「日出一書」的奇迹。

由於歷史演變的吊詭，民國時期的出版物，在一九四九年以後的中國大陸，大多數遭遇了被遺忘的命運，沉埋於少數圖書館的塵封角落。斗轉星移，時來運轉，二十一世紀進入了第二個十年，山西人民出版社推出這套叢書，遴選民國出版的若干學術精品，分學科編纂，蔚爲盛事大觀。此分卷是對中國文學（主要是古典文學）的研究，共二十三種。下面對這二十三種書籍作一個概覽性的介紹。

先看這些書的作者。生年不明者毋論外，出生最早的當屬韓柳文研究法的撰者林紓，他誕生於一八五二年（清文宗咸豐二年），卒於一九二四年（民國十三年——一九一二年爲中華民國元年）。出生最晚的是陶淵明批評的作者蕭望卿，誕生於一九一七年（民國六年）。這二十位作者中，一些是後來成爲大家的著名人物，林紓之外，有大學者徐珂、章太炎、陳寅恪、吕思勉、陸侃如、周貽白、趙景深，著名作家蕭乾等。此外的作者，則屬於有一定學術建樹或僅留下少量著述的文化人。

從作品看，這二十三種著作有某一種文學或某個人作品的分論，如詩經之女性的研究、曹子建詩的研究，也有某一長時段的文學史或文藝理論性質的概説，如清代詞學概論、中國戲劇小史。其中陸侃如三種，趙景深兩種；而陳寅恪和蕭望卿的兩種著作研究對象相同而又篇幅短小，合爲一册；陸侃如有兩種合爲一册。故，這裏一共有二十位作者的二十三種著述，却是二十一册文本。

分册介紹述評，是按照著作内容所關涉之中國文學史發展綫索的先後爲序？還是以研究者的情况或者書册的寫作出版先後爲序？却是一個頗讓人躊躇的問題。因爲近四十年的民國，正是中國社會從傳統向近現代激烈轉型的時段，不僅作者的思想認識，書册的觀點立場，而且連書寫的語言文風，都存在鮮明的古今遞嬗演變的痕迹。經考量，决定采取折衷的立場，即基本上按照文學史發展的脈絡綫索，先概説性著作，後專題性研究，同時顧及其他因素，將徐珂、林紓、章太炎的三種以文言文表述的著述放在最後予以推介月旦，也算是對横跨清王朝與民國兩代之文化先驅者的致敬。

中國文學小史，作者趙景深，生於一九〇二年，卒於一九八五年，主要以元雜劇、宋元南戲和古典小説的輯佚考證而名世，代表性著作爲曲論初探、宋元戲曲本事、宋元南戲考略、中國小説叢考等。這本中國文學小史是他二十多歲時的作品，上海的大光書局出版，後再版重印，達二十次之多。他於一九三六年寫「十九版序」，這樣説道：「十年前，我跟隨着新文學浪漫運動的巨潮向前推動，當時我充滿了熱情和詩趣，喜歡説一點帶有情感的話，喜歡像做詩一樣的寫文章。……也許讀者們這樣的愛讀這本小書，使牠達到十九版，清華大學入學考試且曾指定此書爲唯一的參考書，大約都是爲了牠使人讀起來不至於十分頭痛吧？」

以西方的學科意識而撰述「中國文學史」，二十世紀以始，共有數百本。第一本中國文學史爲何人所寫？或曰英國人，或曰日本人，或曰俄國人。中國人自己最早撰寫的中國文學史，一般認爲乃林傳甲一九〇四年撰中國文學史，黄人（黄摩西）亦於同年撰同名之書。林著是在當年之京師大學堂即後來之北京大學撰成，黄著是在當年之東吴大學即後來之蘇州大學撰成，歷史演變的軌迹斑斑俱在。趙景深的這本「小史」，名副其實，牠篇幅很小，如作者自表，「我只是寫一本中國文學的常識；或者，我是在説一個故事」。其特色不在學術含量的全備高深，而在簡略概約，蜻蜓點水，却時見談言微中；同時文風清麗活潑，很適於普中國文學小史凡三十五節，第一節「緒論」，第二節「詩經」，第三節「屈原宋玉」，第三十四節「清代的詩文」，第三十五節「最近的中國文學」。從詩經、楚辭始，司馬相如和司馬遷，曹氏父子，陶淵明與謝靈運，唐詩，宋詞，元曲，明清的小説、傳奇和詩文，面面俱到，而最後一節，更有聞一多、汪静之等的詩歌，郁達夫、魯迅等的小説，田漢、丁西林等的戲劇，周作人、朱自清等的散文等。

比起今日的文學史經典著作，此書自然不可能在材料的全備準確和學理的系統精深方面争勝，但其特色也頗堪注目，即那時還没有後來的一些教條框架，因而一些説法能讓人眼前一亮，細想也頗堪玩味。如論到李白和杜甫的同異，這樣對比：

李白：南方化、仙品、出世、浪漫、受道家影響、才、情、樂自然；

杜甫：北方化、聖品、入世、寫實、本儒教見地、學、性、泣時事。

與後來的經典化定位大同小異，而更加言簡意賅，同時還有一些生動的表述，如這樣談論李白：「我們也曾想像到一個眸子炯然，腰束玉帶，身穿宫錦袍，在采石磯邊狂歌於船頭的詩人麽？這便是天才豪放的李白。」後面對李杜的「優劣」也一語到位：「李白是樂天的，杜甫是悲觀的。」「他們兩人作風如此不同，當然我們不能分出優劣來。」比起一九四九年以後幾部文學史的某些教條化論述，以及郭沫若的李白與杜甫之立場偏頗，民國時期學人的思想自由客觀公允躍然紙上。

詩經之女性的研究，謝晉青著。此書曾作爲商務印書館「國學小叢書」、「萬有文庫」而數次出版重印。謝氏生於一八九三年，卒於一九二三年，乃日本留學生、南社社員，另有譯著西洋倫理學史（原作者日本人三浦藤作）。詩經之女性的研究共十節，其實就是對十五國風裏的女性題材特別是愛情婚戀詩歌的思想與藝術分析評價。其「緒論」説：「我這次是想在詩經中，發掘古代婦女問題的，並不是做考據底工作，在意義方面，我們總以詩底本義爲歸宿；那些不可靠的誤解，我們一概不取。在藝術方面，我們總以普遍而真摯的平民主義爲歸宿，那些不自然的附會穿鑿，我們也一概排斥。」「結論」則總結説：「詩經底十五國風，原來存詩一百六十篇，其中經我認爲有關婦女問題的，共計八十五篇。這八十五（篇）詩，若再依性質來區別，那就是：最多的爲戀愛問題詩，其次即爲描寫女性美和女性生活之詩，再其次就是婚姻問題和失戀問題底作品了。爲什麽戀愛問題底作品，占最大的數目呢？這就因爲兩性問題，是在人類生活上，占最重要的地位底證據。」

此書的許多具體分析賞鑒相當細緻，頗能體現民國以來西方推崇女性張揚人性思潮對古典文學研究的影響，一九四九年以後中國文學史中的相關評述，傾向立場，實承其緒。

有關楚辭的著作，共選有兩種：陸侃如屈原與宋玉、何天行楚辭作於漢代考。

陸侃如，生於一九〇三年，卒於一九七八年，是二十世紀五六十年代中國著名古典文學專家，他與夫人馮沅君合著之中國詩史是開創性的著作。此外撰有樂府古辭考、陸侃如古典文學論文集、中國文學史簡編、中國古典文學簡史，及與高亨合著楚辭選，與牟世金合著文心雕龍選譯、劉勰論創作、劉勰與文心雕龍等。屈原與宋玉是在他的處女作屈原、宋玉基礎上整合而成，却也算得上這一研究領域初具規模的「集大成」之作。書共六節：一、引論；二、屈原的生平；三、屈原的作品；四、宋玉的生平；五、宋玉的作品；六、餘論。最後列「參考書目」，自王逸楚辭章句、洪興祖楚辭補注、朱熹楚辭集注以下凡四十種。可以説，後來關於楚辭研究的許多重要問題都已經有所體現或涉及，算得上是此領域近現代研究的一册早期代表性著作。

楚辭作於漢代考的作者何天行生於一九一三年，卒於一九八六年，對浙江遠古文化——良渚文化的發掘考證有重要貢獻，出版有杭縣良渚鎮之石器與黑陶，是著名的考古學著作。楚辭作於漢代考受當時顧頡剛疑古學派的影響，論證楚辭各篇皆作於漢代，離騷的作者是淮南王劉安。這種觀點是楚辭研究中的一家之言，後來朱東潤也持相近觀點。楚辭作於漢代考的寫作曾受到蔡元培的鼓勵，完成於抗日戰爭發生前夕，作爲一種歷史痕迹，於楚辭學的演變具有參考價值。

漢代詞賦之發達，商務印書館一九三五年出版，其作者金秬香，生平待考，他另有駢文概論一書，爲商務「萬有文庫」第一集中叢書，則金氏乃當時知名文化人無疑。漢代詞賦之發達共十章，對漢賦作了比較全面的考察研究，其第一章「辭字之解釋」辨析「辭」與「詞」字義語源的來龍去脈，認爲「楚辭漢賦」中「辭」應作「詞」，故全書行文，皆稱「詞賦」。其後各章，對「賦字之定義」、「詞賦之源流」、「詞賦之作用」、「詞賦之分析」、「漢代詞賦之所由盛」、「漢代詞賦之所由衰」、「漢代詞賦發達之原因」、「漢代詞賦之種類」、「漢代詞賦之變遷」分别討論，漢代重要詞賦作家作品多已涉及，全書行文爲淺近文言。由於詞句多古僻，深入研討漢賦者歷來不多，此書可視爲漢賦研究的早期圭臬。

陸侃如樂府古辭考，完成於一九二五年，商務印書館一九三〇年出版，堪稱是對漢樂府研究的開山之作。共八章，依次爲：一、引言；二、郊廟歌；三、燕郊歌；四、舞曲；五、鼓吹曲；六、横吹曲；七、相和歌；八、清商曲。序例有云：「樂府是中國文學史上很重要的材料。但是研究起來，較詩經楚辭爲難，因爲没有適當的參考書。……近來研究詩經楚辭的人很多，但很少有人研究樂府的。這本小册子的問世，便是希望能引起讀者對於樂府的興趣，大家來作湛深的研究，使樂府的真價值不致永久的湮没。」雖是「小册子」，而能於漢樂府爬梳史料，清理源流，辨析考鑒，確有開闢之功，後來的研究者，實受其惠。

此册還另有陸侃如的一篇論文左思練都考，北京大學出版部一九四八年出版，乃對西晉詩人左思撰寫三都賦構思十年的傳統説法提出异議，認爲「事實上三都賦的構思恐怕超過二十年」，引證古籍，分析辯駁，是一篇專門的考證文章。

原廣州師範學院長陳一百，生於一九〇九年，卒於一九九三年，是一位教育家。其所著曹子建詩研究於一九四〇年由上海三通書局出版，一九七一年香港大地出版社再版。書分上下篇，上篇包括曹植傳略、曹子建集的傳本考略、曹植詩歌的情感、後世諸家對曹植的評論；下篇兩部分，分别是曹植詩選讀和曹植樂府選讀，文末附有清代學者丁晏的魏陳思王年譜。此書也算對曹植其人其詩的一種早期研究的痕迹，可供後來者借鑒參考。

陶淵明之思想與清談之關係、陶淵明批評二書篇幅不大，故合爲一册。前者爲陳寅恪的一篇論文，燕京大學哈佛燕京社一九四五年出版；後者爲蕭望卿著，開明書店一九四七年出版。陳寅恪生於一八九〇年，卒於一九六九年，是名震遐邇的文史大師，毋庸多介。蕭望卿生於一九一七年，卒於二〇〇六年，曾先後於西南聯大和清華大學深造，並與聞一多、朱自清、沈從文等大家交往密切，一九四九年後任教於河北師範學院中文系，述而不作，僅有此陶淵明批評傳世。

陶淵明之思想與清談之關係不愧名家名作，條理清明，言簡義豐，實爲後世研陶之先驅。文章首先追溯從漢末、魏到晉的「清談」之風，「然則當時諸人名教與自然主張之互異即是自身政治立場之不同，乃實際問題，非止玄想而已」。「略述淵明之前魏晉以來清談發展演變之歷程既竟，茲方論淵明之思想，蓋必如是，乃可認識其特殊之見解，與思想史上之地位也。」再討論陶淵明與佛教徒慧遠等頗有交往，而其思想不染佛風，乃因爲「蓋其平生保持陶氏世傳之天師道信仰，雖服膺儒術，而不歸命釋迦也」。同時，陶淵明「自以曾祖晉世宰輔，耻復屈身異代」，他的「自然」思想，「與當日實際政治有關，不僅是抽象玄理無疑也」。

最後論定陶淵明作爲思想家的崇高地位：「淵明之思想爲承襲魏晉清談演變之結果及依據其家世信仰道教之自然說而創改之新自然說。……不似舊自然說之養此有形之生命，或别學神仙，惟求融合精神於運化之中，即與大自然爲一體。……故淵明之爲人實外儒而内道，捨釋迦而宗天師者也。推其造詣所極，殆與千年後之道教採取禪宗學説以改進其教義者，頗有近似之處。然則就其舊義革新，『孤明先發』而論，實爲吾國中古時代之大思想家，豈僅文學品節居古今之第一流，爲世所共知者而已哉！」

陶淵明批評共三章：陶淵明歷史的影像、陶淵明四言詩歌論、陶淵明五言詩的藝術。這本書是文學史角度的陶淵明專論，與陳寅恪的思想論合而觀之，可謂陶淵明的「全影」，一九四九年後陶淵明研究的輪廓理路，其實皆在其籠罩之下。

此書前有朱自清的序，言短義豐，對陶淵明批評的價值貢獻，可謂已經説盡。陶淵明「詩最少，可是各家議論最紛紜。考證方面且不提，只説批評一面，歷代的意見也够歧異够有趣的。本書『歷史的影像』一章頗能扼要的指出這種演變。在這紛紜的議論之下，要自出心裁獨創一見是很難的。但這是一個重新估定價值的時代，對於一切傳統，我們要重新加以分析和綜合，用這時代的語言，重新表現出來。本書批評陶詩，用的正是現代的語言，一鱗一爪的，雖然不是全豹，表現着陶詩給予現代的我們的影像。這就與從前人不同了。」「本書二三章專論陶詩的作風和藝術，不厭其詳。從前人論陶詩，以爲『質直』『平淡』，就不從這方面鑽研進去。但『質直』『平淡』，也有個所以然，不該含胡了事。本書詳人所略，便是這方面的努力。」「陶淵明的創獲是在五言詩。本書說『到他手裏，才是更廣泛的將日常生活詩化』，又說他『用比較接近說話的語言』，是很得要領的。」「歷來評論者推崇他的五言詩，因而也推崇他的四言詩，那是有所蔽的偏見。本書論四言詩一章，大膽的打破了這個偏見，分別詳盡的評價各篇的詩。」

陶淵明之思想與清談之關係用文言行文，簡潔清雅；陶淵明批評則是生動活潑的白話文，沒有一九四九年後的八股教條氣味。今天的人閱讀起來，也感到很親切的。

唐代文學史，陳子展著。陳氏生於一八九八年，卒於一九九〇年，一九三三年起一直任教於復旦大學，以詩經直解、楚辭直解名世。唐代文學史於一九四四年由作家書屋（姚蓬子在上海開的書店）出版，一九四七年重印，共八章，分別是：一、說到唐代文學；二、初唐詩人；三、盛唐詩人；四、中唐詩人；五、晚唐詩人；六、古文運動；七、唐人小說；八、晚唐五代詞人。對整個唐代文學，作了梳理概述，篇幅不長，內容全面，可以視爲後來中國文學史唐代文學部分的早期代表作。其中的說法，今天看來自然不新鮮，放在當年的時代背景下，則頗可稱道。如論李白與杜甫的優劣：

可見一個肯自命爲狂者，一個不諱言爲腐儒。一個抱超世主義，源於道家思想；一個抱淑世主義，源於儒家思想。一個幻想超昇仙境，一個不忍離開君國。總之，他們的作品都是他們自己生命純真的表白。

大抵李杜於詩的手法上，一個側重自然，一個側重雕飾。風格上一個豪放飄逸，一個沈（即「沉」）鬱頓挫。各有各的價值，各有各的生命。

商務印書館「國學小叢書」有顧彭年杜甫詩裏的非戰思想，一九二八年出版，一九三三年重印，據作者序言，書完稿於一九二五年。商務印書館「萬有文庫」中又有顧氏現代歐美市制大綱一書，一九三〇年出版。此外知道他從事過新體詩的翻譯與創作，其餘生卒年和生平等則概不清楚。杜甫詩裏的非戰思想共五章加一個附録：一、緒言；二、杜甫傳；三、杜甫的時代；四、杜甫以前及他同時代的反對戰争的思想與作品；五、杜甫詩的非戰思想；附録：杜甫時代重要之戰争與叛亂年表。

杜甫爲「詩聖」，杜詩乃「詩史」，歷來研究繁夥。此書以「非戰思想」爲中心主題，表現出明顯的時代印記。如作者自序中所云：「迨江浙戰争發生後，作者對於戰争的惡魔的面龐益認識清楚，這位大詩人的非戰作品，也就愈加湧現在我的腦際了，但因戰争的驚擾，屢次遷徙，心如蝴蝶，如浮萍，飄蕩無定，不克專心於此，直到逼近年節，始把牠修改好，字數已比初稿增加了一倍以上。」今日之杜甫研究成果已經汗牛充棟，而此册小書，仍於讀者開卷有益，在於戰争之兇惡痛苦，人類仍未能完全消弭避免。而此書感同身受的寫法，就不僅是一本研究著作的影響了。其緒言末段的感慨最能傳達不以時代變遷而更改的情愫：「我們所處的時代與杜甫的時代有不少的地方相類似；環境的艱險比他的有過之無不及；我們的兄弟，所流的血泪，所受的凌辱與壓迫與騷擾，比他的時代的人更甚；但當今能代表時代的作品有幾？能真切的表現自己所處的環境的佳制有幾？具有完整，聖潔，毅勇，偉大的人格而爲民衆呼吁的詩人安在？」

唐人詩中所見當時婦女生活，作家書屋一九四七年出版。作者劉開榮，一九三五年考入金陵女子文理學院中文系，一九四一年畢業，一九四三年完成此書。劉開榮後來又去燕京大學歷史系深造，在陳寅恪指導下完成唐代小説研究，一九四七年商務印書館出版，一九五〇年再版，一九五三年三版，臺灣亦曾三次重版。

唐人詩中所見當時婦女生活書前除作者自序外，尚有華西大學華西週刊主編陳國樺序、陳中凡序及華西大學英文系外教費爾樸序。陳國樺序末署「（民國）三十二年二月十二日序於華西大學」；陳中凡序末署「民國三十二年一月二十五日」、「成都華西壩廣益學舍」，費爾樸序末署「一九四三年春」、「於四川成都」，而劉開榮自序末署「（民國）三十二年一月二十二日於華西壩」，是則其時劉開榮與陳中凡俱任教於華西大學。書之正文共九章：一、引論；二、勞動婦女（上）；三、勞動婦女（下）；四、民間一般婦女的日常生活；五、民間一般婦女的精神生活；六、妓女生活；七、宮庭婦女及貴族婦女生活；八、女冠子生活；九、結論。

陳國樺序有云：「處在中國抗建（即抗戰與建設——引者）的現階段，如欲建設新中國，必須動員二萬萬多女同胞的力量，共同參與偉大的建設工作。著者劉開榮君寫成此書，實無异提出婦女解放的問題，請大家重新加以嚴肅的考慮，因爲唐代的婦女生活，又何異於現代的婦女生活呢？」

陳中凡序則説：「我以爲此文可以作爲唐代婦女史看。因爲我國古代史家專紀帝王名臣的史績，至今中國史書有帝王家譜之譏。社會上廣大群衆反被擯於史書領域以外，真是憾事。今讀此文，方知道史家所忽略的東西，詩人乃一唱三歎，反復申詠。只要後人加以探討，就可以把當日被壓迫的一般婦女實際情形，畢露無遺。」

費爾樸序（英文，劉開榮譯成漢語）贊美：「本書作者劉開榮女士，本人會詩，也善爲富有詩意的散文，可以説是給近代的文學寶庫添上了一幅生動的圖畫——一幅女人的美麗的夢景。『唐代的光榮』不但包括有金漆的畫棟和迴廊，光彩奪目的瓷器，以及吴道子的山水名畫，并且有琳琅滿目的辭林文苑，裏面活躍地呈現着宮庭裏莊嚴的婦女，也舞動着詩人們生花的筆尖。」

劉開榮的自序中則如是説：「本書的目的，不是要研究某一人某一事，而是要像一個攝影專家，把唐人詩中所反映的當時婦女生活的斷片，一一剪下來，拚在一起，使人一看便可得到一個個鳥瞰。所以凡能對當時的婦女生活，給一綫光明或一絲暗示的詩料，作者都不肯割捨。尤其關於佔有人精神生活一大部份的兩性間的言情談愛的記載，作者更要把它赤裸裸地呈現在讀者的面前，讓讀者進到他們的精神世界裏面去，不再襲用以往的成見，把君臣的關係拉扯上去，加以牽强附會的解釋了。」

可見這册書，無論作者與評者，都更注重其對「新婦女觀」的弘揚，而於唐代文學研究的價值反而在其次。劉開榮身爲女性，於有關女性的詩作更容易心有戚戚焉。這自然也受當日西學日漸張揚女權等社會情境、時代風氣和思潮的影響。今日的讀者，則更注重其學術層面的價值。如陳汝潔説：「有人説劉開榮的這本書實踐了陳寅恪先生的『以詩證史』的思想，我仔細讀了之後，覺得劉著與陳寅恪先生的元白詩箋證稿相比，還是差别較大的。陳著箋釋元白詩，往往證之以史籍，能使人明了詩中所寫何者爲史實何者爲虛構。在陳來説，『以詩證史』又何嘗不是『以史證詩』。而通過『以史證詩』所揭示出的元白詩中的今典，對讀者理解元白詩具有重要作用。以注釋來説，能注出今典比注明古典難度要大。寅恪先生在元白詩箋證稿中揭示了大量今典，因難能而可貴。而劉著在全書中很少涉及當時的史籍，所以讀後讓人覺得是她從全唐詩中分類披檢關乎婦女詩作，費了不少工夫而欠了一點功力，無法望陳著項背。但劉著是一部有趣的書，她把唐詩中關於婦女的詩作檢索、排比出來，讓人知道唐詩中的這一類。倘若她能够進一步讓讀者知道詩中所寫的這些婦女生活，哪些合於唐代史實哪些是詩人虛構，那該多好！不過，從書名來看，她大約認定唐代詩歌中所寫即是當時社會中所有，真的嗎？我認爲這需要證明。」

清代婦女文學史，一九二七年二月中華書局初版，一九三二年十二月再版，共十七萬五千字。作者梁乙真，河北獲鹿人，生於一九〇〇年，一九二五年後就讀於上海南方大學，卒年及生平不詳。除清代婦女文學史外，尚著有中國文學史話、中國民族文學史、中國婦女文學史和元明散曲小史。

清代婦女文學史共列舉了漢、滿閨閣名媛、娼門、女冠、難女、乞丐女性作者三百餘人。內容目録爲：第一編明清兩朝婦女之極盛時期；第二編清代婦女文學之極盛時期（上）；第三編清代婦女文學之極盛時期（下）；第四編清代婦女文學之衰落時期；第五編清代婦女文學雜述。

書前有王蘊章序、王燦芝序和自序，書末附録清代婦女著作家表及人名索引。此書受謝無量中國婦女文學史啓發和影響，但後來居上。王蘊章和王燦芝都給予較高評價。當代女性文學研究者也頗加青目，評論其重視女性張揚女權的思想意義高於文學史意義。所謂二十世紀三部女性文學史梁乙真居其二。

宋代文學，吕思勉著。吕氏生於一八八四年，卒於一九五七年，是著名歷史學家，其中國通史、秦漢史、讀史札記等都是史學名著。這册宋代文學一九二九年由商務印書館出版，共六章，分别是：一、概説；二、宋代之古文；三、宋代之駢文；四、宋代之詩；五、宋代之詞曲；六、宋代之小説。

此書行文用淺近文言，梳理宋代各體文學的代表作家、演變發展脈絡相當全面，可視爲宋代文學史的早期代表作。其觀點議論，具有二十世紀早期的清明樸實，非如後來受各種所謂「範式」拘限者。如論三蘇之文：蘇洵「筆力堅勁，自以老泉爲最。然老泉好縱横家言，恒以權譎自喜，而其言實不可用。故其議論，多有不中理者」。蘇軾「則見解較老泉爲高。雖亦不脱縱横之習，然絶去作用處，時或近於道家。非如老泉一味以權術自矜也。尤妙在能以明顯之筆達之。晚年文字，則心手相忘，獨立千載」。蘇轍「氣象不如其父兄之雄奇；才思横溢，亦非乃兄之敵。然議論在三家中最爲平正，文亦較有夷然澹蕩之致，則亦非父兄所能也」。宋代文學專設駢文一章，也是後來的文學史一般所忽略的。

中國詞史大綱，胡雲翼著。胡氏生於一九〇六年，卒於一九六五年，曾於中學、大學任教，後爲上海中華書局、商務印書館編輯，於唐宋詩詞研究深湛，有宋詞研究、宋詩研究、宋詞選、唐詩研究等著作行世，影響頗大。中國詞史大綱，北新書局（創立於北京，後遷上海）一九三五年出版。此書分兩編，第一編爲「唐五代詞」，共九章，第二編爲「北宋詞」，共十四章，共録詞人凡五十七家。

此書爲近代意義上對詞這一形式溯波追源之較早學術著作，也可以説是研究宋詞的早期經典。其論詞與詩之區别云：「長短句的歌詞在文人的社會裏確立以後，牠的發展漸漸地把不甚協樂的律絶詩壓倒了。我們看樂曲裏面的長命女、烏夜啼、漁夫詞、長相思、江南春、步虚詞、鳳歸雲、離别難、金縷曲、水調歌、白苧等調，最初都是用五七言絶句歌詞，後來都改用長短句的歌詞了。中唐詩人還有寫律絶詩給樂工伶妓們去唱，到晚唐竟失掉歌詩之法，只有長短句的歌詞了。這不顯明的是：長短句的歌詞藉着在音樂上的便利，把整整的歌詩打倒了嗎？」詞的興盛在音樂這一歷史的核心問題，如此明白曉暢地揭示了出來。

詞的歷史分期，此後的文學史，都以中國詞史大綱的説法爲準，如北宋詞的演變：「歷史的發展，則可分爲四個時期：第一個時期是小詞的時期，以晏殊、歐陽修、晏幾道諸人爲主幹；第二個時期是慢詞的時期，以柳永、秦觀諸人爲主幹；第三個時期是詩人的詞的時期，以蘇軾、黄庭堅諸人爲主幹；第四個時期是樂府詞復興的時期，以周邦彦、李清照諸人爲主幹。」與後來的文學史相較，中國詞史大綱没有「婉約派」「局限於個人趣味」，「豪放派」「關注國家社會」「積極入世」一類意識形態評論語言，更顯學術性的單純。

趙景深著宋元戲文本事，北新書局一九三四年出版，但其完成於一九二三年六月。這是對宋元南戲研究的篳路藍縷之作，其開闢之功永耀史册。作者在自序中説：「這一本小書的目的是想把已佚的宋元戲文輯録出來，作爲研讀中國文學的一個參考；爲了恐怕專載佚文太枯燥，斷簡殘篇湊在一起也令人有丈二金剛之感，於是也附一點本事，把殘文貫串起來，使得讀者看這一本書不像是摹（即『摩』）挲古董，而像是在讀幾篇很有趣味的短篇小説。」

書共九章，輯自南九宫譜、新編南九宫詞、雍熙樂府、九宫大成南北詞宫譜，内容包括：一、王焕和王魁；二、陳巡檢梅嶺失妻；三、四種戀愛戲文；四、王祥卧冰；五、黄周兩孝子；六、江流和尚；七、僅存三五曲的元代戲文；八、僅存兩曲的元代戲文；九、僅存一曲的元代戲文。

中國戲劇小史，周貽白著。周氏生於一九〇〇年，卒於一九七七年，是著名中國戲曲史家和中國戲曲理論家，還曾經創作並演出話劇作品三十部上下。他首先提出並詳細論證中國戲曲的三大聲腔源流——崑曲、弋陽腔和梆子腔，厥功甚偉。他於一九三六年出版中國戲劇史略和中國劇場史（商務印書館），中國戲劇小史乃在前二書基礎上再加補充修訂，於一九四六年由上海的永祥印書館印出。後來又出版中國戲劇史（一九五三）、中國戲劇史講座（一九五八）、中國戲劇史長編（一九六〇），以及遺著中國戲劇發展史綱要（一九七九），都是以中國戲劇小史爲基礎的。

中國戲劇小史共八章：一、中國戲劇的形成；二、唐宋的戲劇；三、南戲與北劇；四、明代戲劇的概況；五、崑曲與亂彈；六、皮黄劇的勃興；七、文明戲與話劇；八、中國戲劇前途的展望。今天的讀者，要了解中國戲劇發展的歷史，當然有後來居上者的書可讀，但前驅者的貢獻也是不容抹殺的。中國戲劇小史的意義就在這裏。

中國小説的起源及其演變，正中書局（陳果夫一九三一年創立於南京）一九三四年出版，作者胡懷琛。胡氏生於一八八六年，卒於一九三八年，一九三二年被聘爲上海市通志館編纂。他搜集整理一批上海地方史志珍貴資料，卓有貢獻。其藏書以詩文集和課本爲特色，如三字經、百家姓、千字文、千家詩等，收集齊全，劉鶚稱其爲「三百千千」。收集外文書籍和少數民族作者的漢文詩集一千餘種，可惜其藏書在抗戰時多半被日寇炸毀。一九四〇年，其子胡道靜將殘餘之書捐獻給了震旦大學。

中國小說的起源及其演變共六章：一、本書說到的範圍；二、小說的起源及小說二字在中國文學上的涵義之變遷；三、中國小說「形」的方面的演變；四、中國小說「質」的方面的演變；五、現代小說；六、研究中國小說參考的書目。第一章開宗明義：「本書所講的，只有兩件事情如下：（一）是中國小說的起源，與小說二字涵義的變遷。（二）是中國小說的演變，並現代小說的標準。」

研究小說者歷來推崇魯迅的中國小說史略和胡適的中國章回小說考證，那自然是開山的典範之作。其後錢靜芳小說叢考、蔣瑞藻小說考證等也都功力深湛，卓然有成。本書算得上是一册史論相結合的小說研究著作，在中國小說研究的歷史進程中，雖然不如上述幾種著作那麽經典，却也有其歷史的價值和意義，從「可讀性」來說，則更占優勢。如此書說到中國小說的歷史變化，通俗易懂而能切中肯綮：「由古代的傳說在口上，演變成寫在紙上，這是一變。宋代的說話勃興，這是第二變。宋人的話本，由說給人家聽的，變爲直接給人家看的，這是第三變。紅樓夢、儒林外史等，只是寫的，不是說的，這是第四變。然而『說』和『寫』，仍是同時候存在的，決不是變成後者，前者就消滅了。只不過互有盛衰而已。」

此外說到的一些情況，也頗能讓我們對於歷史的演變，有一種親切的感知。如：「在民國前一二年，有周作人譯的域外小說集，是用文言譯西洋的短篇小說。不過是大失敗了。這失敗並非域外小說集自身不高明，只是和那時候的讀者程度相差太遠。第一不歡喜讀這種無頭無尾的短篇小說，第二不歡喜讀平淡無奇的故事，第三不歡喜這種比較生硬而樸質的文言。結果，這部書當時幾乎没有人知道。」

書評研究，商務印書館一九三五年出版。作者蕭乾生於一九一〇年，卒於一九九九年，是著名翻譯家、作家、富有傳奇色彩的二戰記者，畢業於燕京大學新聞系，後去英國劍橋大學任教並讀碩士學位，一九四三年領取了隨軍記者證，正式成爲大公報的駐外記者，也是二戰時期歐洲戰場的唯一中國記者，一九九五年中國作家協會授予其「抗戰勝利者作家紀念碑」榮譽。三百二十萬字的蕭乾文集包括小説、散文、特寫、回憶録等，譯作莎士比亞戲劇故事集、好兵帥克以及與夫人文潔若合譯的尤利西斯等更是影響巨大久遠。

隨着近現代出版業的發展，書評也逐漸增多，但對這種新型的文學批評樣式作正式的研究，書評研究可以説是拓荒之作。書共八章：一、序論；二、書評家；三、閲讀的藝術；四、批評的基準；五、批評的藝術；六、書評的寫作；七、書評與讀書界；八、附録。此書的核心思想是，書評是有益於社會的嚴肅工作，書評家是具有特殊身份的知識者，代表讀者的鑒定者，文化生産的監督人，而不是庸俗、獻媚的商業廣告商。如：「一切批評都必須基於清澄的理解。批評的公允實即理解深澈的反映。」「書評家寧可改業廣告，永不可用批評的地位作兜售的營生。」「對讀者他服務，却也不侍奉如奴隸。他把讀者看成智力的平等者。他并不武斷地强迫讀者接受他的意見，也不賣弄學問如一塾師。讀者的好惡是受風氣支配的，但他不追隨那風氣，他不固執，却有信仰。」無疑，即使在今天，書評研究仍然有牠的現實針對性和意義。

清代詞學概論，上海大東書局一九二六年出版。其作者徐珂生於一八六九年，卒於一九二八年，爲光緒舉人，袁世凱天津小站練兵時的幕僚，一九〇一年任上海外交報、東方雜誌編輯，後爲商務印書館編輯，其所編纂的清稗類鈔是享譽學林的文史巨著。

清代詞學概論共七章：一、總論；二、派别；三、選本；四、評語；五、詞譜；六、詞韵；七、詞話。作者雖入民國，而其傳統文化教養的底色，濃郁深厚，迴非後來人可比。故此書行文，爲優美洗練的文言，而其對清詞演變脈絡的勾勒，代表性詞人的品評，乃至資料的選録等，都有「個中人」的真知灼見，可謂言簡意賅，高屋建瓴，非後來研究者搬弄西洋「範式」敷衍成文者可及。無疑，此書可列入「學術經典」的行列，不像本選集大多數作品具「過渡轉型」之身份色彩也。

如清代詞學概論評騭「清初之詞」的代表作家，「最著者」爲朱彝尊、陳維崧，「兩人並世齊名」，而前者「情深，所作詞高秀超詣，綿密精美，其蔽爲餖飣」；後者「筆重，所作詞天才艷發，辭鋒橫溢，其蔽爲粗率」；「繼之而起名重一時者，實惟納蘭容若。門第才華，直越北宋之晏小山而上之，其詞纏綿婉約，能極其致，南唐墜緒，絶而復續」。再如説清詞之派别：「有清一代之詞，有二大别：一浙派，一常州派，亦猶散體文之有桐城陽湖二派也。」這些基本的定位，都成了後來各種文學史、清詞史祖述的圭臬。再如書中説到「才人之詞」、「學人之詞」、「詞人之詞」的三分法，也直搗黄龍，揭示本質，對後世影響深遠。

韓柳文研究法著者林紓生於一八五二年，卒於一九二四年，堪稱是一位清末民初的文化奇人。他是桐城派散文的殿軍，一點不懂西洋語言文字，僅憑聽人口述，把一百八十多種西方小説翻譯成漢語，成爲向古老中國介紹西方文學的開山人。「林譯小説」，曾經是好幾代人的最愛，用文言表述的漢譯西方小説，成了中西文化交流史上一道奇异的瑰彩。

韓柳文研究法亦是文言文著作，對韓愈和柳宗元的多篇古文逐一評論，細緻深入，作者所持觀點立場，則完全是傳統的儒家思想體系和桐城派衡文的法眼，完全不見西學影響的痕迹。此亦可見所謂民國時段之文化形態，新舊雜陳，多元豐富也。

前有馬其昶（一八五五——一九三〇）短序，馬氏乃桐城派後勁，清史稿之「儒林」、「文苑」卷總纂。其序説與林紓「同客京師，一見相傾倒，别三年，再晤，陵谷遷變矣。而先生著書談文如故，一日出所謂韓柳文研究法見示」。所謂「陵谷遷變」，即指清朝滅亡而民國建立，韓柳文研究法於一九一四年由商務印書館出版，則此書或峻稿於清季。馬其昶贊美林紓「於史漢及唐宋大家文，誦之數十年，説其義，玩其辭，醰醰乎其有味也」。林紓於韓愈、柳宗元的古文沉浸涵泳，所謂「韓氏之文，不佞讀之二十有五年」，則其所得所會，自然和後來接受了西方文藝思想的研究者，無真賞而僅「分析批判」所見大爲不同。

如林紓這樣評析韓愈的文章寫作技巧：「韓氏之能，能詳人之所略，又略人之所詳。常人恒設之籬樊，學韓則障礙爲之空。常人流滑之口吻，學韓則結習爲之除。漢所謂摧陷廓清者，或在是也。」「韓文能抑絶掩蔽，不使自露。不佞久乃覺之。……不善學者，往往因蔽而晦，累掩而澀。……所難者，能於掩蔽中，有淵然之光、蒼然之色，所以成爲昌黎耳。」

再如評柳宗元：「柳州段太尉逸事狀，與昌黎張中丞傳後叙，均洋洋有生氣，亦皆良史之才也。不佞甚惜柳州不爲史官，其寫忠義慷慨處，氣壯而語醇，力偉而光斂，可稱極筆。」「若公在永州，一荒昧不辟之區，必待糞除，其勝始出。是永州之勝，均係諸公之一言。則非極力描摹，山容水態，亦不易流傳於藝苑。集中諸文皆佳，而山水之記，尤爲精絶，雖大同小异，然各有經營。韓公猶望而却步，何論其他。」

文學論略，章太炎著。章太炎生於一八六九年，卒於一九三六年，太炎是號，名炳麟，在小學（語言文字學）、歷史、哲學、政治方面都有卓越貢獻，乃近代的國學大師。我的業師姚奠中先生是章先生最後招收的研究生之一，把對文學論略的評介作爲這一個系列學術著作的「收官」，格外具有意味。

文學論略首發於一九〇五年的四川學報（未完），一九二五年上海的群衆圖書公司出版，一九二六年再版，後來又成爲國故論衡的一部分。文學論略前面有胡適的一篇序，其中的一些話很有意味：

這五十年是中國古文學的結束時期。做這個大結束的人物，很不容易得。恰好有一個章炳麟，真可算是古文學很光榮的結局了。章炳麟是清代學術史的押陣大將，但他又是一個文學家。

他是能實行不分文辭與學説的人，故他講學説理的文章都很有文學的價值。

但他究竟是一個復古的文家。他的復古主義雖能「言之成理」，究竟是一種反背時勢的運動。

總而言之，章炳麟的古文學是五十年來的第一作家，這是無可疑的。但他的成績只够替古文學做一個很光榮的下場，仍舊不能救古文學的必死之症，仍舊不能做到那「取千年朽蠹之餘，反之正則」的盛業。他的弟子也不少，但他的文章却没有傳人。

文學論略開宗明義：「何以謂之文學？以有文字，著於竹帛，故謂之文；論其法式，謂之文學。凡文理，文字，文詞，皆謂之文；而言其采色之焕發，則謂之彣（讀『文』，文采之意）」。這裏的核心思想，即文、史、哲不作絶對區分的「文學」觀念。而這一點，正是中國文化的根蒂，與西方講究分科别類的「科學」文藝學大異其趣。從表面看來，如胡適所批評，章太炎的這種文學觀是「復古主義」，「反背時勢」。胡適在序言結尾説：「章炳麟在文學上的成績與失敗，都給我們一個教訓。他的成績使我們知道文學須有學問與論理做底子，他的失敗使我們知道中國文學的改革須向前進，不可回頭去。」

以五四新文化運動爲起始標誌的「白話文」運動，正是沿着胡適的主張發展前行的，魯迅的「拿來主義」主張也主宰了整個二十世紀的中國文學和文化的走向。我們所評介的民國學術著作，絶大多數也體現了這個方向和主旨。但問題並不是單一的，歷史也是復雜的，如今我們回顧反思，在肯定胡適所説「改革必須向前，不可以回頭去」的歷史合理性一面的同時，也必須正視章太炎的文學主張，藴含有更深層的中國傳統文化之精義奥旨，而且隨着人類文化在二十一世紀出現的困境，越來越具有啓示意義。單從對文學的認識來説，章太炎標榜的文、史、哲大會通的中國傳統文化的根本立場，也是有其文化深刻性和現實針對性的。

因此，對民國長達四十年時段的學術著作及其體現的思想方向，也不能簡單化地對待，忽視其所體現的歷史走向必然性與新價值的合理性是不對的，過分拔高推崇也有所偏頗。畢竟，那是一個「過渡」、「轉型」的時期，其多數學術文化著作也必然帶有「過渡」、「轉型」的色彩，是「進行時」和「未完成時」，距離「經典」尚有距離。從戊戌變法到辛亥革命到五四運動，一直到一九四九年，泛民國時段（包括其醖釀鋪墊時期）之中國現代化歷程從肇始而前行，歷經曲折，其激烈變化之歷史空隙中艱難産生的學術文化，有其大膽引進勇敢開拓而攝人心魄的一面，也有其嘗試而稚嫩、外來與傳統磨合不甚相契的一面。近世之社會轉型文化轉型乃大勢所趨，民國的學人們做出了艱苦的努力和卓越的貢獻，如何能在吸取世界其他文明滋育的同時，又能使中國傳統文化精粹得以恢弘發揚，再造輝煌，此正民國以來直至今日，中國知識界文化界苦苦思索探尋而歷久彌新之時代課題！

正是在這個意義上，民國的學術著作，這些體現了當日中國文化精英思考、研究、探索中國的社會與國家之現代化轉型的成果，其中的材料等或已經是舊痕陳迹，而其所思考的問題，所探索的思路，所提出的設想，以及這些著作本身的種種成就和不足，對於今天的中國現實，仍然具有攻錯借鑒的意義。他山之石，可以攻玉，何況此本非他山之石，正我山自有之石乎！

欲滅其國族，必先滅其文史。民族的歷史，特别是文化史、思想史、學術史，誠乃一國一族之精魂慧命之所在所基。當年日本侵略者之所以轟炸商務印書館與東方圖書館者，正深諳此理也。而商務印書館鳳凰涅槃浴火重生之艱苦奮鬥，亦未稍懈於斯。

民國語文，也在「轉型」途程中，這些學術著作的文風，大多是一種「尚存文言痕迹的白話文」。今天的青年讀者閲讀起來，也許會有异樣的感覺，但也可謂别具一種風味。而此二十三種著作的作者，絶大多數爲南方人，如浙江、江蘇、湖南、福建等省份，這些著作又大都在上海出版，由此亦可見民國時期文化發展的大情勢。這二十三種著作的二十位作者，當其撰寫著作之時，應該説彼此質素、學養都相差不遠，而其後之發展結局，則有的著作等身成爲大家大師，有的則後勁不足而逐漸湮滅少聞，固然各人機遇運會不同，而個人心志的堅持和努力之有無强弱，無疑是最主要的因素。對今日之學人特别是青年，不也很有啓發意義嗎？

潛入歷史的塵霾中排沙簡金，而選擇出此二十三册著作，並非筆者所爲，因而對此種簡選是否即能代表民國時期文學研究的大體大略，實亦不敢斷言，滄海遺珠或在所難免。而忝膺爲此編叢書作序的重任，惶恐之意，自不待言，管窺蠡測，亂彈胡侃，尚祈盼海内外方家不吝指教。但披閲這些先賢的著述，恰如驀然回首，向幽深的夜，重新點燃支支老紅燭。「紅燭啊！是誰制的蠟——給你軀體？是誰點的火——點着靈魂？」（聞一多紅燭）

點點燭光，明輝熠熠，回顧往昔，瞻望將來，道一聲：願我們的中國，鑒古灼今，發揚傳統精華，吸取五洲營養，漸進改革，持續開放，醒獅昂首，闊步奮行，前程佳美！

二〇一四年四月一日於大連

作者簡介

胡雲翼（一九〇六年—一九六五年），原名胡耀華，字南翔，詞學家，湖南桂東人。曾創辦艺林旬刊。先後在長沙岳雲中學、南華中學、省立一中、無錫中學、鎮江師範、暨南大學任教職。後在上海中華書局、商務印書館任編輯。工作之餘，專心致志著書立説，注重古典文學研究與整理，對唐、宋詞的發展歷史、作品風格進行系統的探討。著有宋词研究、宋诗研究、唐诗研究、中国词史大纲、新著中国文学史、唐代的战争文学。

中國詞史大綱目錄

第一編　唐五代詞

第一章　詞的起源

關於詞的起源，古人已有紛紜的說法，如：

（一）黃昇唐宋諸賢絕妙詞選首載李白菩薩蠻及憶秦娥，謂「二詞爲百代詞曲之祖。」（鄭樵通志，徐炬事物原始，徐師曾詩體明辨，均用此說。）

（二）朱弁曲洧舊聞說：「詞起於唐人，而六代已濫觴矣。梁武帝有江南弄，陳後主有玉樹後庭花，隋煬帝有夜飲朝眠曲；豈獨五代之主，蜀之王衍，孟昶，南唐之李璟，李煜，吳越之錢俶，以工小詞爲能文哉！」

（三）徐釚詞苑叢談說：「塡詞原本樂府，菩薩蠻以前，追而溯之：梁武帝江南弄，沈約六憶詩，皆詞之祖，前人言之詳矣。」

（四）楊愼詞品說：「塡詞必泝六朝者，亦探河窮源之意。長短句如梁武帝江南弄（略），梁僧法雲三洲歌（略），梁臣徐勉迎客曲，送客曲（略），隋煬帝夜飲朝眠曲（略），王叡迎神歌送神歌（略）；此六朝風華靡麗之語，後世詞家之所本也。」

（五）丁藥園藥園閑話說：「詞者詩之餘也。以詩經證之，則詞又有合於詩：殷雷之詩曰：『殷其雷，在南山之陽』，此三五言調也；魚麗之詩曰：『魚麗，於罶鱨沙』，此二四言調也；還之詩曰：『遭我乎猺之間焉，竝驅從兩肩兮』，此六七言調也；江汜之詩曰：『不我以，不我以』，此疊句調也；東山之詩曰：『我來自東，零雨其濛，鸛鳴於垤，婦歎於室』，此換韻調也；行露之詩曰：『厭浥行露』，其二章曰：『誰謂雀無角』，此換頭韻也。凡此煩促相宜，短長互用，以啓後人協律之原，豈非三百篇實祖禰哉」。

（六）汪森序詞綜說：「自有詩而長短句卽寓焉，南風之操，五子之歌，是已。周之頌三十一篇，長短句居十八；漢郊祀歌十九篇，長短句居其五；至短簫鐃歌十八篇，篇皆長短句，誰謂非詞之源乎？」

我們試分析上面這許多詞的起源說，其共同的錯誤，都是認定長短句就是詞，所以大家極力去追尋長短句的來源。以爲只要找到長短句最古的來源，便是詞的最古的來源了。於是把詞的淵源越說越遠：從唐代李白的菩薩蠻和憶秦娥，說到隋代隋煬帝的夜飲朝眠曲，說到梁代梁武帝的江南弄和沈約的六憶詩，說到漢代的郊祀歌和短簫鐃歌，說到周代詩三百篇的長短句，最後更說到唐虞時代的南風操與五子歌去了。要是這樣去追求，眞如汪森所說，

「自有詩而長短句即寓焉」。然則，詩的起源不同樣就是詞的起源嗎？這可能說得通嗎？若必如此說，則誠如兪彥所云：「溯其源流，咸自鴻濛上古而來，如億兆黔首，固皆神聖裔矣。」這豈不是大笑話？他們這些詞的起源說，其致誤之由，是在只知道詞是長短句，而不知道長短句不一定是詞，有時也可以是詩。詩體裏面固然以整齊的四言，五言，七言體佔多數，但不整齊的長短詩也實在不少。詩三百篇裏面有不少的長短句的詩，漢魏六朝樂府裏面有不少的長短句的詩，這是用不着舉例了的；唐人詩也有不少長短句，如李白的蜀道難，李賀的將進酒，要舉例也不可勝數。這許多長短句向來都是稱之爲詩，稱之爲樂府，而不曾稱之爲詞。我們能夠因爲後來有了長短句的詞，就追上去說一切長短句的詩都是詞，而認爲詞的起源嗎？只要我們認定詩體的長短句是不能否認其爲詩的，那末，不但南風操與五子歌應該說是詩，不但詩經裏面的長短句都是詩，不但漢樂府裏面的郊祀歌與短簫鐃歌是詩；即梁武帝的江南弄，沈約的六憶詩，隋煬帝的夜飲朝眠曲也都是詩，而不能說是詞。

嚴格說起來，詩和詞本沒有很明顯的劃界，一篇長短句的樂府詩，在體製的類似上，本不妨說牠是詞。但是在文學史上既把詩詞分立，各自爲體，我們便要把詩與詞二者的界綫與源流劃清，而不容相混；我們便得將詞的起源發達史劃成一條有線索的脈絡，以別於詩的發達史的線索脈絡。從先秦時代直到唐代，是詩歌的全盛時代，我們正不應該強取詩歌中的長短句較近于詞者，謂爲詞的起源，這實在是混淆了詩與詞的眉目。而且就時代的關係說，詞體也決不會起源于悠遠的梁隋時代，而發展乃遲到晚唐五代，中間竟孤絕數百年，毫無線索可尋，這是無法可以解釋的。至于遠徵先秦、漢、魏，妄欲爲詞選擇遠祖，更是笑話了。其實，不僅這些遠徵懸擬的詞的起源論不可靠，即如黃昇所謂李白的菩薩蠻憶秦娥「二詞爲百代詞曲之祖」的話也全屬謬誤。我們從多方面的證明，知道菩薩蠻憶秦娥二詞不僅不是李白的作品，也不是盛唐時代的產物：

（一）蘇鶚杜陽雜編說：「太中初，女蠻國貢雙龍犀，明霞錦。其國人危髻金冠，瓔珞被體，故謂之菩薩蠻。當時倡優遂製菩薩蠻曲，文士亦往往效其詞。」南部新書亦載此事。則李白之世，唐尙未有斯題，何得預塡其篇耶？

（二）後蜀趙崇祚編花間集，錄晚唐諸家詞，而不及李白。

（三）郭茂倩編樂府詩集，遍錄李白的樂府歌辭，並收中唐的調笑、憶江南諸詞，而獨不收菩薩蠻憶秦娥二詞。

（四）歐陽炯序花間集敷到唐詞，只說「在明皇朝則有李太白之應制淸平樂調四首。」

若李白別有他詞，何以歐陽炯絕不提及？

這些都是使我們懷疑菩薩蠻憶秦娥二詞爲李白所作的強有力的證據。胡元瑞在其筆叢裏說：「予謂太白在當時直以風雅自任，卽近體盛行七言律，鄙不肯爲，寧屑事此？且二詞雖工麗，而氣衰颯，於太白超然之致，不啻穹壤。藉令眞出青蓮，必不作如是語。詳其意調，絕類温方城輩。蓋晚唐人詞嫁名太白耳。」依我們看來，這兩首詞也不一定是温方城（卽温庭筠）的作品，但其爲晚唐五代人詞則可斷言。文學史上的慣例，一個名作家往往容易成爲箭垛式的人物，什麼作品都向他身上去堆。這大約是晚唐五代無名作家的詞，好事者爲抬高詞的價值，故意將此二詞嫁名李白，以廣流傳。黃昇不察，編入他的唐宋諸賢絕妙詞選裏面，署爲白作，後人遂據爲定論，謂李白爲作詞的老祖宗。或者，是黃昇立意和趙崇祚的花間集爭勝，明知其僞，也濫收着以矜其蒐集之宏富，亦未可知。原來黃昇之編唐宋諸賢絕妙詞選，只求蒐集廣博，疎誤之處甚多。如山花子一詞，實李璟之作品，（有南唐書載馮延己與李璟之談話可證）乃題爲李後主詞，卽此可見編者之不忠實。至於尊前集錄李白詞多至十二首，全唐詩更增爲十四首，自更不可靠。於此，更可證明五代兩宋一般人有意把李白當成箭垛式的詞人了。我們知道李白爲盛唐詩人，文譽甚著，若果塡新調，創製新詞，當時必有唱和，必有批評。何以當時諸詩人無唱和之作？李白之後何亦絕無繼響？中唐的白居易、韋應物諸人既累作詞，何以絕不光顯名詩人李白塡過的菩薩蠻、憶秦娥諸詞調？直至晚唐歌詞風行，始有塡此二調者，中間孤絕，不止百年，這是講不通的。我們之所以認定此二詞不是李白的作品，也不是盛唐時代的作品，便是因爲把這兩首詞擱在盛唐，於詞發展的線索脈絡，絕對解釋不通的緣故。（按尊前集與全唐詩載唐玄宗好時光一詞，出自開元軼事，亦係僞作。）

○　○　○　○

上面的論證，打破了許多古人遠徵懸擬的詞的起源說，打倒了許多古人臆測無據的詞的起源說，把論詞起源的妖氛，一掃而空了。然而，詞究竟是怎樣起來的呢？現在且先讓我們來談談詞的起源的理論。我以爲：——

詞體的起來，完全是從詩歌裏面進化出來的。

無論從「詩的形體」方面看，從「詩的內容」方面看，或從「詩的音樂性」方面看，詩體都有逐漸進化爲詞體的必然趨勢。詩的發展便是朝着詞體的路向走的。熱鬧了一千多年的詩體到了唐代已經是最後光燄之發揮，經過了這最後的一個光燄時期，於是當時的所謂「新體詩」又變成「舊詩」了，又有更新的詩體，詞，起來了。從詩到詞的進化的趨勢和痕跡，我們可以很清楚的看得出來。

第一，從「詩的形體」看：

關於詩歌的形體研究，大體說來，不外字句和格律二者。從字句方面說，中國詩體總是朝整齊的方向變：最初是四言，由四言變爲五言，由五言又變爲六言與七言。這種變化是很簡單的，也就是自然的轉變，並非由人力爲之推進，也並非由那幾位大詩人有意識提倡起來的變化。其間的變化也並沒什麼精妙的大道理。只是大家做四言詩做懶了，偶然有人做出時新的五言，於是大家都爭着去做五言的新玩意兒；五言詩又做厭了，偶然有人做出時新的七言，於是大家都爭着去做七言的新玩意兒。這種變化完全是無意識的變化，時髦的流行，找不出其中的什麼原理原則。不過我們能夠看出一點，却是在幾次的變化當中，總不會打破詩的整齊的形式，這可以說是變化中的共同點。可是，整齊的詩句要往前變化，不是沒有限制的。當四言變爲五言時，他們沒有想到七言；當五言變爲七言時，他們也不會想到八言和九言。直到七言也用慣了，做厭了，不能不變了，這時才「碰壁」了。照着形體不失整齊的原則變化下去，則只有提倡八言詩和九言詩。你看，每句詩都有八個字九個字那樣冗而且長，那無論如何是使不得。「礎壁」之餘，只好回頭來想法子。可是，難道回轉來作二言詩和三言詩嗎？每一句都是兩個字三個字那樣短而且促，意思都說不完全，那也萬萬使不得。然而，這時候四言詩，五言詩和七言詩都已用舊了，做厭了，新的社會已經在要求新的時髦品了。這時詩體的變化，只有打破整齊的形式，只有向長短句的一條路去求新發展，別無他路可走。而且詩史上早已有很多長短句的詩的好例了，詩三百篇裏面，樂府裏面，唐代李白李賀諸人的詩裏面，那無數的長短句的詩，都是暗示後來詩的形式有一條不復整齊的長短句的路可以走去。

再就格律方面講，中國詩歌的格律，永遠是朝着嚴密的方向進展的；時代越後，詩歌格律之嚴益甚。進展到了唐代的近體詩，一般詩人之用心於研求格律，已經超過用心思於充實詩的內容了。這時似乎應該有一種反動起來，作打破格律的運動，讓詩歌走上自由詩的路去。可是，這種希冀也是絕無實現可能的。我們知道自由詩的能夠起來，至少應該那時代的學術文藝有了自由主義的思潮作背境。先秦時代以後，中國的學術文藝史，只有儒教的思潮，只有復古的思潮，那一個時代有自由主義的影兒？既然沒有自由主義思潮搧動一個新時代出來，一切政治、法制、教育、倫理、……都還在依照古典法則進行，自然不會單獨產生打破格律的自由文藝，自然不會有不講格律的自由詩起來。歷代詩歌的進化始終只是朝着格律嚴整的方向走。因此，進化到了格律很嚴的近體詩，還不能向自由解放的路向去，還不能不朝着比近體詩格律更嚴複的新詩體，詞，的圈套裏去受束縛。

第二，從「詩的內容」看：

詩的內容也是展向詞體之路，其趨勢亦明顯可見。在古代，詩的內容實是很廣泛的，從「詩言志，歌永言」的話看來，似乎一切韻文都可以說是詩。所以詩經裏面那些廟堂的雅頌是詩，魏晉時代那些如「道德論」的作品也是詩，宋代那些講理學的韻文也是詩，舉凡韻文皆可入詩的範疇。可是，詩的範疇雖廣，無詩趣的作品則極多，一般社會並不歡迎。我們細察詩歌的實際趨勢，却是向着抒情詩的一條路發展的。詩歌本是情緒的文學，只有向抒情方面進展才是詩之正路。我們看歷代的詩歌，留下了許多抒情詩的成績，膾炙人口的很多是抒情詩，特別是情詩。詩三百篇中的國風，魏晉六朝的樂府歌謠，情詩實佔其重要部分。不過這都是平民的創作，在文人社會裏面，則極少藻豔的情詩。唐人歌行與新體詩，雖愛寫宮怨閨情，亦多描模少婦之幽思哀感，並不繪飾豔情。然而，情詩實在是詩園裏最美的花朵，誰個詩人不想長成幾朶麗花來綴飾自己的生命？他們只是沒有胆子去放肆寫這種詩。因爲：自從孔子删詩後，詩被尊爲經，一般儒教徒極力把詩體抬到一個莊嚴的地位，認爲神聖的教化作用，嚇得歷代的詩人都不敢用詩體來寫男女的私情，致失諷人之旨。在這情形之下，最需要是一種新詩體起來，那要是一種最好讓詩人任意去抒寫而不被君子們嘲罵的新詩體。詞起於燕樂，本是用以悅耳目，快心意者，自然流於纖豔輕薄，自然要繪飾男女之私情，才能博得一般社會的歡迎。所以號「詞爲豔科」，所以儒者斥「詞爲末技」，鄙不屑爲。

有了詞體，儒者們雖薄詞而不爲，却有一般浪漫的文人喜歡用詞體來抒寫愛情，他們毫無顧忌的寫着穠豔的情詞。如溫庭筠的「偸眼暗形相」（南鄉子）；韋莊的「陌上誰家年少足風流」（思帝鄉），都是前人詩中難找的豔句。至歐陽炯的「晚逐香車入鳳城」（浣溪紗），竟爽直地寫出作者追逐女人的輕狂態度；張泌的「蘭麝細香聞喘息」（浣溪涉），更大胆地描繪男女牀笫間的私情。卽如北宋歐陽修，晏殊，司馬光諸人，雖都是嚴正的詩文家，而都有很好的豔情小詞。大概自晚唐至北宋的小詞，都是些無題的情詩。（因爲都是言情，所以不須有題）這很可以看出詞的體用，只是在抒情詩的一方面。沈義父樂府指迷上有一段話說得很好：

作詞與作詩不同，縱是用花草之類，亦須略用情意，或要入閨房之意。……如只直詠花草，而不著些豔語，又不似詞家體例。

李東琪也說：「詩莊詞媚，其體元別」。這更是明白告訴我們詞的內容是以抒寫「艷情」爲旨歸。

既然詩體的進化是向着抒情詩，特別是情詩，一方面開展；而詞體的起來恰是適應文人寫情的需要，不顯然是詞體具備了抒情詩，特別是情詩，的意義嗎？所以說，詩歌的內容也是朝着詞體進化的。

○ ○ ○ ○

我們上面用了許多的話，分析詩歌的形體與內容，看出詩歌處處都朝着詞的方面進化，有衍爲詞的可能；但是，這也僅是有可能性而已，充盈了詩衍爲詞的本身條件而已。要問詩究竟經過一種什麼變化才衍爲詞？詞究竟憑藉一種什麼媒介的導引方才起來？這其中變遷的關係脈絡，我們還得作進一步的研究：——

第三，從「詩的音樂性」看：

我們在研究詩歌與音樂的關係當中，能夠完全看出詩衍爲詞的脈絡淵源。直可以斷然的說，詞的能夠起來，完全是憑藉着音樂的媒介。如其我們要把這個話闡說明白一點，則不能不從詩與樂府的分離說起。

先秦時代的詩，今所傳者自以三百篇爲最古的作品。我們從左傳「季札論樂」和史記孔子世家「凡詩皆可入樂」之說，知道先秦時代的詩與樂，原不是分離的。自屈原作九歌諸篇「侑樂」，九章諸篇「舒情」，則只有前者有樂的意義，而後者乃僅是「舒情」的詩，不復能「侑樂」了。至漢武帝創立樂府，以李延年爲協律都尉，後來遂以樂府所來的詩，可被之聲歌者，別叫做「樂府」，於是詩與樂的關係便分離了。自此詩歌自走詩歌的路，樂府自走樂府的路。詩歌因爲文學的意義居多，故在文人方面的製作特別發達；樂府因爲音樂的意味深長，故樂工與民間的作品最多。二者是各自發展的。但到了隋唐時代，所謂古樂府者散佚了甚多。據唐書藝文志說：「江左宋梁之間。南朝文物，號稱最盛；人謠國俗，亦世有新聲。後魏孝文宣武，用師淮漢，收其所獲南音，謂之淸商樂。隋平陳，因置淸商署。遭梁陳亡亂，所存蓋鮮。隋室以來，日益淪缺。武大后之時，猶有六十三曲。今其辭存者（略），惟四十四曲焉。」按這四十四曲中，唐初所存，有聲有詞者只三十七曲，有聲無詞者亦有七曲。王灼碧鷄漫志說：「隋氏取漢以來樂器，歌章，古調，倂入淸樂，餘波至李唐始絕。唐中葉雖有古樂府，而播在聲律則尠矣。」於此可見唐人所擬古樂府，但借題抒意。這時古樂府蓋已跟着樂之亡，而成爲過去，唐人又有一種新樂府起來了。唐人的新樂府便是近體詩，特別是五七言絕句，在當時的一般社會裏而很流行的歌唱着。這種事實從許多記載中可以看出來：

（一）王灼碧鷄漫志說：「唐時古意亦未全喪，竹枝、浪淘沙、抛球樂、楊柳枝，乃詩中絕句，而定爲歌曲。故李太白清平調詞三章皆絕句。元白諸詩，亦爲知音協律作歌。白樂天守杭，元微之贈云：『休遣玲瓏唱我詩，我詩多是別君辭』。自注云：樂人高玲瓏能歌，歌予數十詩。樂天亦醉戲諸妓云：『席上爭飛使君酒，歌中多唱舍人詩』。又聞歌伎唱前郡守嚴郎中詩云：『已留舊政布中和，又付新詩與艷歌』。元微之見人詠韓舍人新律詩，戲贈云：『輕新便妓唱，凝妙入僧禪』。沈亞之送人序云：『故友李賀善撰南北朝樂府古詞，其所賦尤多怨鬱淒艷之句，誠以蓋古排今，使爲詞者莫得偶矣。惜乎其亦不備聲歌弦唱』。然唐史稱李賀樂府數十篇，雲韶諸工皆合之弦管。又稱李益詩名與賀相埒，每一篇成，樂工爭以賂求取之，被聲歌供奉天子。又稱元微之詩往往播樂府。舊史亦稱武士衡工五言詩，好事者傳之，往往被於管絃。」

（二）計有功唐詩紀事說：「開元中，詩人王昌齡、高適、王之渙詣旗亭飲，梨園伶官亦招妓聚燕。三人私約曰：『我輩擅詩名，未定甲乙，試觀諸伶謳詩分優劣。』一伶唱昌齡二絕句云：『寒雨連江夜入吳，平明送客楚山孤。洛陽親友如相問，一片冰心在玉壺』；『奉帚平明金殿開，強將團扇共徘徊。玉顏不及寒鴉色，猶帶昭陽日影來』。一伶唱適絕句云：『開篋淚沾臆，見君前日書。夜台何寂寞，猶是子雲居』。之渙曰：『佳妓所唱，如非我詩，終身不敢與子爭衡；不然，子等列拜牀下』。須臾妓唱：『黃河遠上白雲間，一片孤城萬仞山。羌笛何須怨楊柳，春風不度玉門關』。之渙揶揄二子曰：『田舍奴我豈妄哉！』以此知李唐伶妓，取當時名士詩句入歌曲，蓋常俗也。」

（三）尤袤全唐詩話說：「集異記載王維未冠，文章得名。妙能琵琶。春之一日，岐王引至公主第，使爲伶人進主前。維進新曲號鬱輪袍，並出所作。主大奇之。祿山之亂，李龜年奔放江潭，曾於湘中採訪使筵上唱云：『紅豆生南國，秋來發幾枝。勸君多採擷，此物最相思』；又『秋風明月共相思，蕩子從戎十載餘。征人去日殷勤囑，歸鴈來時數附書』。此皆王維所製而梨園唱焉。」

唐詩之播在聲律者，都是近體律絕詩。李賀、李益諸人的歌詩，雖未明言其爲律絕，但古樂府之不能歌，盛唐已然。觀王維、王昌齡、高適、王之翰諸人，都只見其絕句協樂應歌，至於中唐，自亦更只有近體樂府。五七言之外，六言詩也有入樂的歌詞，如李景伯、沈佺期和裴談的回波樂、張說的舞馬詞，都是六言近體。我們細察盛唐時代的歌詞，只有整齊的五言、六言和七言的近體詩。除了後人僞作的李白詞和唐玄宗詞以外，並沒有長短句。長短句的歌詞這時確還沒有起來。直到中唐諸詩人才有長短句歌詞的創作。問題就在這一點：何以整齊的五七言歌詩竟變爲長短句的歌詞呢？許多古人的見解，都認定這是由於詩中的泛聲，塡以實字，遂變整齊的詩體爲長短句。如朱熹說：

古樂府只是詩，中間却添許多泛聲。後來人怕失了那泛聲，逐一聲添個實字，遂成長短句。今曲子便是。（朱子語類）

清唐康熙朝御編的全唐詩小注上也說：

唐人樂府元用律絕等詩，雜和聲歌之。其併和聲作實字，長短其句以就曲拍者，爲塡詞。

這是兩條意思相似的說法。全唐詩小注上的話大概是祖述朱熹的見解，所謂「和聲」也就是朱熹所說的「泛聲」，卽是「散聲」或「虛聲」。

朱熹們的話有一部分是對的，他們說歌詩裏面有「泛聲」，確是不錯。古樂府裏的那些「羊無夷」、「伊那何」、「收中吾」和「妃呼豨」等虛聲的字眼，都是歌詩時雜進的「泛聲」，那是不用說了。唐人的近體詩，整齊方板，以之合樂，「泛聲」自然也是有的。不過，他們因此認定長短句的起來是由於「泛聲塡以實字」，就不免錯了。因爲「泛聲」不僅是詩的音調中所獨有，詞的音調裏還是保存着「泛聲」在的。我們檢閱花間集所載，同屬一調之詞而字句異者甚多。如春光好、感恩多、思帝鄉、河傳、江城子、酒泉子、山花子、河滿子各調，均有字句不同之數體。單說河傳一調卽有十餘體之多。這許多字句不同的詞，以之協同譜的樂調，其中至少會有「泛聲」，以調節長短不同的字句，這是無疑的。我們細讀唐宋的詞，也可以看出好些有「泛聲」的實例。如皇甫松、孫光憲的竹枝，每句都插入「竹枝」與「女兒」兩個小句子；顧敻的荷葉杯，於每詞之末都用「知摩知」、「愁摩愁」一類的叠句；朱敦儒的楊柳枝，也是每一句詞卽跟上一句「柳枝」；趙長卿的攤破采桑子，於詞的前後兩半闋都用上「也囉」兩個字。這些都是有聲無義的虛字，就是歌詞中的「和聲」或「泛聲」。

詞的音調裏旣然也有「泛聲」，則朱熹輩說的「怕失泛聲，塡以實字」的話，自不可信；而長短句成於「泛聲塡實」的說法，也不能確立。近人胡適著詞的起源，將朱熹等人的話修正爲一新的答案：

> 唐代的樂府歌詞先是和樂曲分離的：詩人自作律絕詩，而樂工伶人譜爲樂歌。中唐以後，歌詞與樂曲漸漸接近：詩人取現成的樂曲，依其曲拍，作爲歌詞，遂成長短句。（詞選附錄）

胡氏這一段話，是就着全唐詩小注上所說的「長短其句以就曲拍」一語，加以補充的說明，說得比較的正確。我們現在就用胡氏所說的綱領，詳細地來說長短句歌詞的起來的軌迹吧。

唐人近體律絕詩，本來只重在文學上的意義，牠的形體太整齊簡單，並不是怎樣適合樂曲的歌詞。一般詩人只是自寫他們律絕詩，只注重詩的文學方面的價值，初未留意其在樂府方面的作用。他們的律絕詩的被用爲歌詞，乃是樂工伶人們用樂曲來牽遷律絕詩的。因樂工伶人們多不十分通文，他們爲求自己的歌曲流行起見，乃採取詩人有名的律絕詩，以協樂曲，譜爲歌詞。樂曲是有伸縮性的，他們可以勉強一點把律絕詩譜入樂曲，插「和聲」以歌之。這末一來，美調配以名歌，自然博得社會的熱烈歡迎。於是樂工們「爭以賂求名詩」，以投合社會的愛好心理；詩人亦以自己的詩唱於名伶佳妓爲榮，高與詩給寫她們唱。這樣相互爲用，詩人和樂工的關係便密接起來了。

話雖如此，當時的各種樂曲決不是都能用律絕詩做歌詞的。因爲當時的樂曲很繁。唐代開元時期的樂曲，據崔令欽的教坊記所錄曲名，共有三百二十四調之多。這三百餘調雖不必全是開元教坊的曲目，總有大部分是當時的曲目。蓋當時玄宗雅好音樂，他的御製曲卽有紫雲回、萬歲樂、夜半樂、還京樂、凌波神、荔枝香、阿濫堆、雨霖鈴、春光好、秋風高、一斛珠等十餘調。（此處所引玄宗製的曲調，有在開元以後者，爲崔令欽所不及見）。可見開元前後的樂曲實在很多。我們相信許多樂曲中，一部分是可以用律絕詩作歌詞的；還有一部分，也許竟是大部分，是不能夠拿整齊方板的律絕詩來協樂譜爲歌詞的。我們又堅決的相信：當時的樂曲旣如此之繁，決不會除了用並不十分合樂的單調的律絕詩作歌詞以外，竟沒有別的更協樂一點的歌詞。不過，這種協樂的歌詞不是出自文人，大都是出於無文名的樂工伶妓之手。樂工伶妓是不太通文的，他們做的歌詞自然陋俗不文，甚至「下字用語，全不可讀」。（沈義父樂府指迷批評當時教坊樂工詞的話）這種沒有文學價值的歌詞，自不爲當世所歡迎。但他們的歌詞雖缺乏文學的價值，却大有音樂的價值。他們所作的歌詞至少是協樂的，是依樂曲的曲拍爲句的，是能歌的長短句。這種樂工伶妓們做的長短句的歌詞，雖因其不文，不如詩人的律絕詩爲當世所喜，却樹立了後來詩人起而模擬着塡長短句的歌詞的標本。我們相信後來詩人之敢於去作「依曲拍爲句」的嘗試，一定是早看慣了樂工伶妓們做的長短句的歌詞，不過嫌其不文，爲之另作新的雅詞，以廣流傳耳。

文學史上的一切新文體都起自民間，文人很少有自動革新的勇氣。詞體的起來也不是例外。

說到這裏，我們要將胡適的話加以一點補充的說明如下：

唐代的新體樂府，在盛唐時候，還是詩人自作他們的律絕詩，樂工們自製他們的樂曲和依曲拍爲句的長短句歌詞，兩方面的關係是分離的；不過樂工們的歌詞做不好，乃取詩人現成的律絕詩譜爲樂歌，以應燕樂的需要。因此，詩人與樂工伶妓們的關係逐漸接近。到了中唐，懂得音樂的詩人，他們看着拿律絕做詩歌詞，實在是不十分協樂；同時又看樂工們做的長短句的歌詞，音調和諧，體製新穎，乃亦依其歌詞的曲拍，戲塡爲長短句的歌詞。一個詩人偶然塡了一首，又一個詩人起來効尤塡一首，一再嘗試成了功，漸漸地風行，於是長短句的詞體便在文人的社會裏確立起來。

長短句的歌詞在文人的社會裏確立以後，牠的發展漸漸地把不甚協樂的律絕詩壓倒了。我們看樂曲裏面的長命女、烏夜啼、漁父詞、長相思、江南春、步虛詞、鳳歸雲、離別難、金縷曲、水調歌、白苧等調，最初都是用五七言絕句歌詞，後來都改用長短句的歌詞了。中唐詩人還有寫律絕詩給樂工伶妓們去唱，到晚唐竟失掉歌詩之法，只有長短句的歌詞了。這不顯明的是；長短句歌詞藉着在音樂上的便利，把整整的歌詩打倒了嗎？

將前頭全部的話，歸納起來說：

詞是從詩體進化出來的。因詩體自四言變爲五言，，六言和七言，再沒有法子保持整齊的形式變下去；並且詩體被一般文人視爲頗尊嚴之文學，不便於抒寫艷情；加以到了唐代的律絕體詩，不復能十分切合音樂上的變化，於是長短句的詞體藉着適合音樂的便利，生長起來。詞體起來以後，在文學方面，實是一種新的體製。形式既不須整齊，尤適宜於描繪艷情。做厭了律絕詩的文人，當然大家都高興來做新體的詞，都高興來嘗試新體詞的味兒。從此，詞體在文學域的地位一天一天的高漲起來，成爲中國文學的重要體製，在中國文學史上造成一千多年珍貴的歷史。

○　○　○　○

上面把詞起源的理論已經說得很明白，往下要講詞起來的概況。

我們要講詞史的第一課，事實上只能從中唐詩人的詞說起。（中唐以前民間的樂府詞，因載籍無傳，沒有資考證的材料，無法可以探討，眞是研究詞史的一件憾事）。中唐時期的歌詞，據唐宋諸賢絕妙詞選與尊前集等書的記載，共得十餘調，茲表列爲下面三排：——

（1）楊柳枝　（8）瀟湘神　（12）漁父詞
（2）竹枝　（9）宴桃源　（13）轉應曲
（3）浪淘沙　（10）長相思　（14）憶江南
（4）三台　（11）花非花　（15）……
（5）謫仙怨
（6）紇那曲
（7）拋球樂

相傳這十餘調都是中唐時的樂曲，但分別來看，上排七首都是整齊的詩體：如楊柳枝、竹枝、浪淘沙都是七言絕句，三台是六言絕句，謫仙怨是六言律詩，紇那曲是五言絕句，拋球樂也是五言詩，都不是長短句的詞調。中間一排的四首，可以說是長短句的詞調了，却不一定是中唐時的樂府詞：如瀟湘神雖說是劉禹錫作，並不見於古本的劉夢得集；宴桃源（一名憶仙姿，又名如夢令）則蘇軾東坡詞注已明言其爲後唐莊宗所製曲；長相思與花非花雖說是白居易作，亦不見於白氏長慶集；這都是晚出的詞調，不能隸屬中唐。說起來，可以確指爲中唐時代的樂府新詞的，在這十餘調中，只有下排的漁父詞、轉應曲和憶江南三調。

漁父詞（一名漁歌子）作於張志和，這是中唐詞最早發現的作品。傳說志和本名龜齡，字子同，婺州金華人。擢明經。肅宗命待詔翰林。坐貶不復仕。居江湖，自稱烟波釣徒。著玄眞子，亦以爲號。（其事蹟唐宋諸賢絕妙詞選、竹坡詩話、樂府紀聞、西吳記均有記錄）。所作漁父詞五首，極能道漁家之事，其最著的一首云：

西塞山前白鷺飛，桃花流水鱖魚肥。青箬笠，綠蓑衣，斜風細雨不須歸。

最初的詞體是由律絕詩稍變而成的，如這首詞，除三四兩句只有六字外，簡直就是一首七絕。後來的詞調如章台柳、瀟湘神、花飛花和櫻桃花等，都是仄韻七絕或平韻七絕的變體。（漁父詞的曲度不傳，後蘇軾增句作浣溪沙，黃庭堅增句作鷓鴣天，是皆可見其爲七言律絕之流衍）。

時間稍次於張志和的漁父詞的，有韋應物的轉應曲。應物京兆人，官左司郎中。貞元初（約七九〇），歷蘇州刺史。他是當代有名的詩人。計有功唐詩紀事稱其「小詞不多見，唯三台令、轉應曲流傳耳」。按轉應曲一名三台令，一名古調笑，一名宮中調笑，乃六言詩的變體。例如：

胡馬，胡馬，遠放燕支山下。跑沙跑雪獨嘶，東望西望路迷。路迷，迷路，邊草無窮日暮。

韋應物的轉應曲在當時是很有名的，戴叔倫王建均效其體。今舉戴叔倫的一首作例：

邊草，邊草，邊草盡來兵老。山南山北雪晴，千里萬里月明。明月，明月，胡笳一聲愁絕。

叔倫字幼公，潤州金壇人。貞元中（約七九五）進士。官撫州刺史，封譙縣男，遷容管經略史。他的詞僅傳這一首。古今詞話稱其「筆意回環，音調宛轉，與韋蘇州一闋同妙」。王建字仲初，潁州人。大曆十年（七七五）進士。官陝州司馬。黃昇稱其「有宮詞百首甚工」。尊前集傳其詞十首，中有轉應曲四首，後來則此調罕見。到北宋時，此調的句法更變，專供大曲歌舞之用」。

憶江南（一名望江南）產生的時代比漁父詞與轉應曲稍遲，是從五七絕變化出來的。據樂府雜錄說是李德裕妾謝秋娘所製的調。其詞則始見於白居易。居易（七七二——八四六）字樂天，下邽人。貞元十四年（七九八）進士，歷官中書舍人，以刑部尙書致仕。爲當代一大詩人，著白氏長慶集。他的歌詞尊前集傳二十六首，多七言絕句。可靠的長短句歌詞只有憶江南三首，今舉一首爲例：

江南好，風景舊曾諳：日出江花紅勝火，春來江水綠如藍。能不憶江南？

同時的詩人劉禹錫曾和居易的春詞，卽用此調，其詞云：

春去也，多謝洛城人。弱柳從風疑舉袂，叢蘭挹露似霑巾，獨坐亦含顰。

禹錫字夢得，中山人。貞元中（約七九五）進士。仕爲監察御史，累遭貶遷。會昌時（約八四二），官至檢校禮部尙書。以詩名世，有劉賓客集。尊前集載他的詞多至三十八首，亦以歌詩爲多。他這首憶江南最負時名，世人因此稱憶江南爲春去也詞。

大概在中唐時期，只有憶江南等少數的歌詞；相傳的許多詞調，都不是很可信的。此時歌詩的風氣還是很盛。直到晚唐，歌詩的風氣漸衰，詩人用的詞調便多起來了。

第二章　最初的詞人温庭筠

好了，詞體自經中唐詩人韋應物白居易輩遊戲的嘗試，得着很好的成功以後，晚唐文人便高興起來塡詞了，向着詞的新園地去努力了。

温庭筠是晚唐詞壇第一大詞人，是詞史上最初的詞家。這自然不是說温庭筠以前沒有詞，只是沒有詞的專家。許多中唐詩人都只是偶爾塡詞，直到温庭筠才專力於詞，他的詞才可以裝成卷帙。

庭筠字飛卿，太原人。初名岐，後改庭雲，最後改爲庭筠。貌極陋，時號温鍾馗。孫光憲北夢瑣言稱其「才思艷麗，每入試押官韻作賦，凡八叉手而八韻成」，亦號温八叉。大中初，應進士，以士行有缺，累舉不第。傳說宣宗愛唱菩薩蠻詞，丞相令狐綯乞其代製以進，戒令勿泄，而遽言于人。由是見疏。以言觸帝怒，出爲方城尉，尋遷隋縣尉。徐商鎭襄陽，署爲巡官。後商執政，入爲國子助教。商能遂廢，潦倒終身。死約當僖宗乾符末年（八八○）。

庭筠爲人頗放浪不羈，喜縱酒狎妓。舊唐書稱其「士行塵雜，不修邊幅，能逐管絃之音，爲側艷之詞」。（卷一九〇）他的詩詞，均負時譽。詩與李義山、段成式齊名，時人目之爲「三十六體」。但」他的詩實不如李義山，詞則獨勝。著有握蘭、金荃等集，可惜今皆不傳。現在所流傳的作者的詞只是散見花間集等選本的。

庭筠對於詞的貢獻是很大的：第一，他的詞創調甚多，如歸國謠、訴衷情、遐方怨、酒泉子、玉蝴蝶、女冠子、思帝鄉、蕃女怨、荷葉杯、定西蕃、河瀆神、南歌子、河傳等，均係作者的自度腔。蓋作者深通音律，故能自創新調，替詞體開闢新的園地。

庭筠對於詞的第二大貢獻，是能夠大胆的寫側艷之詞；而且寫得很好。我們歷觀中唐詩人的詞，多半是些調笑，滑稽，遊戲，寫景之作，很少寫愛情的詞：直到庭筠，才開始試用詞來抒寫自己的熱情和愛慾，於是詞便有了新的生命，例如南歌子：

手裏金鸚鵡，胸前繡鳳凰。偷眼暗形相：不如從嫁與，作鴛鴦。

又

倭墮低梳髻，連娟細掃眉。終日兩相思。爲君憔悴盡，百花時。

又

轉盼如波眼，娉婷似柳腰。花裏暗相招。憶君腸欲斷，恨春宵！

這幾首詞都寫得好，温庭筠的作品大部分是這樣的艷詞情詞。不懂的人自然要說他「士行有缺」。但他的詞實開五代詞的先河，後來的詞人都受他很深的影響，至以「詞爲艷科」相號召。說起來，温庭筠眞要算是詞史上的開山大師呢。

胡仔苕溪漁隱叢話稱庭筠「工於造語，極爲綺靡」。其更漏子一詞尤得胡仔的賞識，詞云：

玉爐香，紅蠟淚，偏照畫堂秋思。眉翠薄，鬢雲殘，夜長衾枕寒。　梧桐樹，三更雨，不道離情正苦！一葉葉，一聲聲，空階滴到明！

庭筠所作，佳製極多，不嫌更舉幾個詞例：

憶江南

梳洗罷，獨倚望江樓。過盡千帆皆不是，斜暉脈脈水悠悠。腸斷白蘋洲！

菩薩蠻

南園滿地堆輕絮，愁聞一霎清明雨。雨後却斜陽，杏花零落香。　無言勻睡臉，枕上屏山掩。時節欲黃昏，無聊獨倚門。

酒泉子

花映柳條。閑向綠萍池上，憑欄干，窺細浪。雨蕭蕭。　近來音信兩疎索，洞房空寂寞。掩銀屏，垂翠箔，度春宵。

這位開山大師的詞有這樣好的成績，眞是値得我們讚美的。歷來的詞話家都稱揚他：

黃昇說他：「詞極流麗，宜爲花間集之冠」。

張惠言說他的詞：「深美閎約。」

劉融齋說他的詞：「精艷絕人。」

這些許語都說得不錯，温庭筠實在是初頁的詞史上第一個詞人。在同時代，不但找不出能和温氏詞平列的作品，也就找不出一個作品可以裝訂成卷的詞家。如皇甫松韓偓輩，雖偶有作，亦不能成集。故在晚唐詞人中，只有温庭筠的影響於後來詞壇特大，他領導了五代詞發展的趨向。

第三章　從晚唐詞到五代詞

晚唐與五代，在政治史上是兩個時期，在文學史上是一個時期。文學在這個時期是一種變態的發展：詩歌與文章均寂寞無足稱述，而獨以詞著。陸游說：

> 詩至晚唐五季，氣格卑陋，千家一律；而長短句獨精巧高麗，後世莫及。此事之不可曉者。（花間集跋）

陸游的話說得不錯，可是他沒有明白晚唐五代詞之所以著盛。其實這是顯然易解的：詩歌到了晚唐五代，牠的時代性已經消失了。這就是說，舊詩的形式格律已經陳腐了，落伍了，需要新的形式格律來發揮詩人的天才了。王國維在他的人間詞話說：「四言敝而有楚辭，楚辭敝而有五言，五言敝而有七言，古詩敝而有律絕，律絕敝而有詞。蓋文體通行既久，染指遂多，自成習套。豪傑之士，亦難於其中自出新意，故遁而作他體，以自解脫。一切文體所以始盛終衰者，皆由於此」。這幾句話很能解釋詩體之所以到唐末衰微和詞體在晚唐五代著盛的原因。

就詞量一方面說，五代詞是比晚唐詞更有進展的。花間集著錄詞人十八家，除溫庭筠、皇甫松二家外，其餘十六家均屬五代詞人：

韋莊四十七首　　薛昭蘊十九首
牛嶠三十一首　　張泌二十七首
毛文錫三十一首　　牛希濟十一首
歐陽炯十七首　　和凝二十首
顧敻五十五首　　孫光憲六十首
魏承班十五首　　鹿虔扆六首
閻選八首　　尹鶚六首
毛熙震二十九首　　李珣三十七首

見於尊前集又有八家：

後唐莊宗四首　　南唐後主十四首
成彥雄十首　　庾傳素一首

劉侍讀一首　　歐陽彬一首

許岷二首　　林楚翹一首

此外散見於各詞話和選集的五代詞人，數目還不在少數。

五代的文壇完全是詞的權威。五代詞的發展，一方面是因爲五代已經是詞的時代，一方面也得力於當時君主的倡導。蓋五代君主，類多能詞，如後唐莊宗李存勖、前蜀後主王衍、後蜀後主孟昶、南唐中主李璟、南唐後主李煜、吳越王錢俶等，他們都懂音樂，能度曲，藝術的嗜好甚深；他們的詞都做得好。於是士大夫也競爲新詞，相互酬唱，因以造成詞的風尙。五代詞以西蜀與南唐爲最盛，大約是這兩國君主特別創導之功罷。

就詞的作風一方面說，從晚唐到五代，似乎並沒有很大的變遷。然亦未嘗沒有差異。唐人的詞大都出自詩人學者，詞風較「雅」；五代詞人則一味趨從溫庭筠的作風，專爲側豔之詞，詞風較「靡」。如花間集，尊前集所載，盡是些綺歌豔曲。其弊則流爲淫俗，如和凝的江城子詞：

初夜含嬌入洞房。理殘妝，柳眉長。翡翠屏中，親爇玉爐香。整頓金鈿呼小玉，排紅燭，待潘郎。

又

竹裏風生月上門，理秦箏，對雲屏；輕撥朱絃，恐亂馬嘶聲。含恨含嬌獨自語：今夜月，太遲生！

又

斗轉星移玉漏頻，已三更。對棲鶯。歷歷花間，似有馬蹄聲。含笑整衣開繡戶，斜斂手，下堦迎。

又

迎得郎來入繡闈。語相思，連理枝。鬢亂釵垂，梳墮印山眉。婭姹含情嬌不語。纖玉手，撫郎衣。

又

帳裏鴛鴦交頸情，恨雞聲，天已明。愁見堦前，還是說歸程。臨上馬時期後會：待梅綻，月初生。

這是一首用五個同調組合的抒情敘事詩，體製甚新，而風格則甚低，惡劣的語句極多。又如孫光憲的浣溪紗：「醉後愛稱嬌姐姐，夜來留得好哥哥」；歐陽炯的春光好：：「雖似安仁擲果，未聞韓壽分香」，都是些油腔滑調的詞句。

不過，這是嚴格一點的批評，五代詞並不都是風格很低，並不都是油腔滑調。用幾個比較適合的字眼來批評，五代詞是以「曼豔精巧」勝。

我們知道五代是一個混亂不堪的時代，同時也就是一個縱放於熱情浪漫的享樂時代。君主如李存勖、王衍、李煜、都是以沈醉於享樂而喪失其國家生命。一般士大夫與人民也同樣的醉生夢死的生活着。因此這時候的文學，自然流於頹廢的唯美主義的傾向，喜歡描寫浪漫的愛情，喜歡賣弄文字的技巧，作風便趨于「曼豔」，趨於「精巧」一途。

第四章　西蜀詞（上）韋莊

說起西蜀詞，我們必首先想起韋莊。他不僅是西蜀第一詞人，就全五代詞論，他也是極矜貴的一個。

莊字端己，杜陵人。唐乾寧元年進士（公元八九四），授校書郎。入蜀，王建辟掌書記。尋召爲起居舍人，建表留之。其後王建據蜀稱帝，用爲散騎常侍判中書門下事，累官至宰相。

他的詩在當代很有名氣，嘗作長詩秦婦吟，寫唐末黃巢造反時的亂離，凡一千三百多字。其時韋莊正在長安應舉（公元八八三），身遭變亂，故其詩描寫深刻痛切，流傳甚廣，時人稱爲「秦婦吟秀才」。但他別的詩也不見佳，浣花集所載，類皆新體詩，實不如其詞之能表現作者之才華。所作浣花詞已不傳。其詞散見花間、尊前諸集。

韋莊是一位風流詞客，其作風恰如其人：

思帝鄉

春日遊，杏花吹滿頭。陌上誰家年少足風流？妾擬將身嫁與，一生休。縱被無情棄，不能羞！

菩薩蠻

人人盡說江南好，遊人只合江南老。春水碧於天，畫船聽雨眠。壚邊人似月，皓腕凝霜雪。未老莫還鄉，還鄉須斷腸！

訴衷情

燭燼香殘簾未捲，夢初驚。花欲謝，深夜，月朧明。何處按歌聲，輕輕。舞衣塵暗生，負春情！

菩薩蠻

勸君今夜須沈醉，尊前莫話明朝事。珍重主人心，酒深情亦深。須愁春漏短，莫訴金杯滿。遇酒且呵呵，人生能幾何？

韋莊是富於熱情的詞人，喜放浪不羈。入蜀後，雖富貴有加，但老死寂寞的蜀中，實非其心願。他時時在眷戀他親切的中原故鄉，時時在想念那風物迷人的江南。愁懷抑鬱，不覺情溢乎詞：

菩薩蠻

洛陽城裏春光好，洛陽才子他鄉老。柳暗魏王堤，此時心轉迷。　桃花春水綠，水上鴛鴦浴。凝恨對斜暉，憶君君不知。

又

如今却憶江南樂，當時年少春衫薄。騎馬倚斜橋，滿樓紅袖招。　翠屏金屈曲，醉入花叢宿。此度見花枝，白頭誓不歸！

韋莊少年時曾避亂至江南，賞心樂事甚多。自其入蜀，頓成寂寞，故多回想。古今詞話載其愛妾爲王建所奪，尤使韋莊神傷。據云：「韋莊以才名寓蜀，王建割據，遂羈留之。莊有寵人，姿質艷麗，兼詞翰。建聞之，託以教內人爲辭，強莊奪去。莊追念悒怏，作荷葉杯、小重山詞，情意悽怨，人相傳播，盛行於時。姬後傳聞之，遂不食而卒」。按此二詞均載於花間集：

荷葉杯

記得那年花下，深夜，初識謝娘時：水堂西面畫簾垂，攜手暗相期。　惆悵曉鶯殘月，相別。從此隔音塵。如今俱是異鄉人，相見更無因！

小重山

一閉昭陽春又春，夜寒宮漏永。夢君恩。臥思陳事暗消魂，羅衣濕，紅袂有啼痕。

歌吹隔重閽，遶庭芳草綠。倚長門：萬般惆悵向誰論？凝情立，宮殿欲黃昏。

這是具有實感的作品，詞意深摯，情懷悽切，傳播當代，實非無因。特別是他的女冠子二詞：追懷舊夢，哀感今朝，尤屬悽怨萬分！詞如：

四月十七，正是去年今日，別君時：忍淚佯低面，含羞半斂眉。　不知魂已斷，空有夢相隨。除却天邊月，沒人知。

又

昨夜夜半，枕上分明夢見，語多時。依舊桃花面，頻低柳葉眉。　半羞還半喜，欲去又依依。覺來知是夢，不勝悲！

韋莊眞是善於寫悽惻之情，他的文字往往不用華豔的粉飾，而作直致質俗的描寫。陳亦峯說他的詞：「似直而紆，似達而鬱」。張炎論詞則每以溫韋並稱。但他們的作風亦有不同處：溫庭筠詞以「穠豔」勝，韋莊詞則以「清麗」勝；溫詞如雕鏤的精金，韋詞則如天然的美玉。

第五章　西蜀詞（下）

五代詞家，蜀人爲多。蓋西蜀自盛唐以來，文學的風氣已經很濃；五代時，中原混亂不堪，蜀中略爲平靖，其君臣皆溺於聲樂，故詞壇最盛。趙崇祚的花間集就是一部以蜀詞爲中心的詞選。集中所載，蜀詞人竟佔三分之二。這固然由於編選者乃蜀人（趙崇祚仕後蜀爲衞尉少卿），故所選蜀詞獨多；然而蜀詞之盛，實際亦非五代之任何區域所能比擬。韋莊以外，有牛嶠、牛希濟、毛文錫、薛昭蘊、魏承班、尹鶚、李珣、顧敻、鹿虔扆、閻選、毛熙震、歐陽炯諸人。

牛嶠字松卿，一字延峯，隴西人。唐乾符五年（公元八七八）的進士。歷官拾遺，補尙書郎。王建鎭蜀的時候，辟爲判官。後建稱帝，他做到給事中。他的學問很好，詩歌很有名，著文集三十卷，亡失殆盡。詞僅見花間集，凡三十一首。例如：

憶江南

紅繡被，兩兩間鴛鴦。不是鳥中偏愛爾，爲緣交頸睡南塘，全勝薄情郎！

江城子

鵁鶄飛起郡城東，碧江空，半灘風，越王宮殿，蘋葉藕花中。簾捲水樓魚浪起，千片雪，雨濛濛。

嶠詞寫閨情之作甚多，而文辭淺俗，可觀之作甚少。僅有江城子爲其寫景之佳製。

牛希濟乃嶠之兄子，事蜀爲御史中丞。降于後唐，明宗拜爲雍州節度副使。素以詞擅名。其所作臨江仙、女冠子等闋，爲時輩所嘖嘖稱道。花間集傳詞十一首，臨江仙佔其七，亦不甚佳。其較好的幾首：

生查子

春山煙欲收，天澹稀星小。殘月臉邊明，別淚臨清曉。　語已多，情未了，迴首猶重道：記得綠羅裙，處處憐芳草。

中興樂

池塘煖碧浸晴暉，濛濛柳絮輕飛。紅蕊凋來，醉夢還稀。　春雲空有雁歸，珠簾垂，東風寂寞。恨郎抛擲，淚濕羅衣！

薛昭蘊字里均無可考，仕蜀爲侍郎。恃才傲物，旁若無人。花間集傳詞十九首，其較佳者如浣溪紗：

紅蓼渡頭秋正雨，印沙鷗跡自成行，整鬟飄袖野風香。　不語含嚬深浦裏，幾回愁殺櫂船郎，燕歸帆盡水茫茫。

毛文錫字平珪，南陽人。唐進士，仕蜀爲翰林學士。遷內樞密使，進文思殿大學士。拜司徒，貶茂州司馬。隨王衍降後唐，復後仕後蜀，與歐陽炯等並以詞章供奉內庭。著有前蜀紀事與茶譜等書。工於豔語，其巫山一段雲詞，爲當世傳詠：

貌掩巫山色，才過濯錦波。阿誰提筆上銀河，月裏寫嫦娥。　薄薄施鉛粉，盈盈挂綺羅。菖蒲花役魂夢多，年代屬元和。

按此詞載尊前集。文錫詞之見於花間集者凡三十一首。其所作在蜀詞人中爲最下，葉夢得說他：「以質直爲情致，殊不知流於率露。諸人評庸陋詞，必曰此仿毛文錫者。」可見其在當代，地位固甚卑也。

魏承班字里不詳。其父宏父爲王建養子，賜姓名王宗弼，封齊王。承班爲駙馬都尉，官至太尉。他的詞花間集傳十五首，尊前集傳六首，大都係言情之作。沈雄柳塘詞話說：「承班詞較南唐諸公更淡而近，更寬而盡，人人喜效爲之。」其詞如：

生查子

離別又經年，獨對芳菲景。嫁得薄情夫，長抱相思病。　花紅柳綠閑晴空，蝶弄雙雙影。羞看繡羅衣，爲有金鸞並。

滿宮衣

寒夜長，更漏永，愁見透簾月影。王孫何處不歸來，應在倡樓酩酊。　金鴨無香羅帳冷，羞更雙鸞交頸。夢中幾度見兒夫，不忍罵伊薄倖。

承班詞意俗情淺，不甚可觀，元好問稱其「大旨明淨」，可謂確切的批評。

尹鶚成都人，事王衍爲翰林校書郎，官至參卿。其詞花間集傳六首，尊前集傳十一首。所作亦以言情之作爲多。風格甚低，如淸平樂詞「應待少年公子，鴛帷深處同歡」一類的詞，辭意惡俗，不堪誦讀。其較好的作品如醉公子：

暮煙籠蘚砌，戟門猶未閉。盡日醉尋春，歸來月滿身。　離鞍偎繡袂，墜巾花亂綴。何處惱佳人，檀痕衣上新。

張炎說尹鶚的詞：「以明淺動人，以簡淨成句者也。」

李珣字德潤，梓州人。（先世本波斯人）蜀之秀才。其妹李舜弦爲王衍昭儀。國亡不仕。他的詩頗有名，著瓊瑤集一卷，今已亡佚。花間集傳其詞三十七首，尊前集傳十八首。作風瀟疎閑散，很有處士風情，如：

漁父

避世垂綸不記年，官高爭得似君閑。傾白酒，對青山，笑指柴門待月還。

漁歌子

柳垂絲，花滿樹，鶯啼楚岸春山暮。棹輕舟，出深浦，緩唱漁歌歸去。　罷垂綸，還酌醑，孤村遙指雲深處。下長汀，臨淺渡，驚起一行沙鷺。

南鄉子

乘綵舫，過蓮塘，棹聲驚起睡鴛鴦。帶香遊女偎人笑，爭窈窕，競折團荷遮晚照。

巫山一段雲

古廟依青嶂，行宮枕碧流。水聲山色鎖妝樓，往事思悠悠。　雲雨朝還暮，烟花春復秋。啼猿何必近孤舟，行客自多愁！

因爲五代實在找不出第二個如李珣這樣瀟灑淸雅的詞人，不覺多舉了他的幾首詞作例，其實他的詞大部分都是可誦讀的。

顧瓊字里不詳，前蜀時爲刺史，仕後蜀官至大尉。花間集傳其詞五十五首。有醉公子詞，爲時豔稱。他的詞也是喜寫閨情，而描寫獨工，遠非毛文錫，魏承班諸人所能及。詞如：

訴衷情

永夜抛人何處去？絕來音。香閣掩，眉斂，月將沈。爭忍不相尋？怨孤衾：換我心爲你心，始知相憶深！

荷葉杯

夜久歌聲怨咽，殘月，菊冷露微微。看看溼透縷金衣。歸摩歸？歸摩歸？

鹿虔扆字里亦不詳，仕後蜀爲永泰軍節度使，進檢校太尉，加太保。與歐陽炯、韓琮、閻選、毛文錫，俱以工詞，供奉後主。時人忌之者號曰「五鬼」。樂府紀聞說他：「國亡不仕，詞多感慨之音。」倪瓚也說：「鹿公高節，偶爾寄情倚聲，而曲折盡變，有無限感慨淋漓處！」例如臨江仙：

金鎖重門荒苑靜，綺窗愁對秋空。翠華一去寂無蹤。玉樓歌吹，聲斷已隨風。
煙月不知人事改，夜闌還照深宮。藕花相向野塘中，暗傷亡國，清露泣香紅！

虔扆的詞頗有氣力，但作品極少，僅花間集傳其詞六首。

閻選字里不詳，後蜀處士。無事蹟可考。他的詞花間集傳八首，尊前集傳一首，例如定風波：

江水沈沈帆影過，游魚到晚透寒波，渡口雙雙飛白鳥，煙嫋，蘆花深處隱漁歌。扁舟短棹歸蘭浦，人去。蕭蕭竹徑透輕莎。深夜無風新雨歇，涼月，露迎珠顆入圓荷。

閻處士的詞無特別可述之點，這首詞已經要算是他寥寥的作品裏面的白眉了。

毛熙震蜀人，事後蜀為祕書監。花間集傳其詞二十九首。周密齊東野語說：「熙震集止二十餘調，中多新警，而不為儇薄。」詞如：

清平樂

春光欲暮，寂寞閑庭戶。粉蝶雙雙穿檻舞，簾捲晚天疎雨。　含愁獨倚閨幃，玉爐煙斷香微。正是銷魂時節，東風滿院花飛。

河傳

寂寞芳菲暗度，歲華如箭堪驚。緬想舊歡多少事，轉添春思難平。曲檻絲垂金柳，小窗絃斷銀箏。深院空聞燕語，滿園閑落花輕。一片相思休不得，忍教長日愁生。誰見夕陽孤夢，覺來無限傷情！

平心而論，熙震的詞雖未失之「儇薄，」卻也未嘗逃出豔詞的藩籬，還是和其他的西蜀詞人一樣沈溺於靡豔的詞風裏面。

原來，「靡豔」就是西蜀詞壇的風氣。除了李珣稍有沖淡淸雅之詞外，那一個詞人所寫的不是「靡靡之音？」鹿虔扆毛熙震雖偶有感慨，但就其全部作品論，亦以寫閨情綺語之作爲多。西蜀的詞風如此，整個五代的詞風亦復如此。

關於西蜀詞壇，我們的敘述止於這裏。此外的詞人，將另章補誌。至於歐陽烱，乃五代入宋的詞家，且讓後面來詮敘吧。

第六章　南唐詞人馮延己

在五代的混亂局面底下，江南一帶要算是中國最安全的區域。南唐建國江南，其國君中主李璟，後主李煜，皆愛好文藝，喜延文士。陸游南唐書說：「士之避亂者失職者，以唐爲歸」。故南唐文物，冠絕當時。

話雖如此，我們檢閱南唐詞壇，其能詞者，南唐二主以外，只有馮延己與張泌二人。其他如韓熙載，湯悅輩，雖負才名，並無作品流傳；成幼文、成彥雄、徐鉉、徐昌圖輩則僅傳一二首詞。較之西蜀詞壇之盛況，實不相如。這自然是由於當時沒有好事者爲之搜集彙刻，遂至篇幅散佚，傑作淪亡，眞是可惜！

馮延己是南唐一大詞人。後主李煜而外，他的詞不僅雄視南唐，而且雄視五代，與韋莊爭勝。

延己一名延嗣，字正中。其先彭城人，唐末南渡，家於新安，徙居廣陵。南唐建國，延己事李昪爲翰林學士。李璟嗣位，他很得信任，累官中書侍郎左僕射同平章事，後改太子太傳。

當時的金陵，內外無事，君臣皆溺於聲樂。延巳善爲樂府新詞，名著一時。傳說中主嘗見他的謁金門詞，戲問道：『吹皺一池春水，』干卿底事？」延巳對曰：「安得如陛下『小樓吹徹玉笙寒』特高妙也。」這段故事很可以看出當時君臣嗜好文藝的風氣。馬令南唐書本傳也稱延巳著樂章百闋，其鶴沖天、歸國謠，見稱於世。今所傳延巳的詞，有宋陳世修輯的陽春集。詞如：

歸國謠

江水碧，江上何人吹玉笛？扁舟遠送瀟湘客。　蘆花千里霜月白，傷行色，來朝便是關山隔。

謁金門

風乍起，吹皺一池春水。閑引鴛鴦芳徑裏，手挼紅杏蕊。　鬥鴨，闌干獨倚，碧玉搔頭斜墜。終日望君君不至，舉頭聞鵲喜。

長命女

春日宴，綠酒一杯歌一遍，再拜陳三願：一願郎君千歲；二願妾身長健；三願如同梁上燕，歲歲長相見！

這幾首詞都做得好。徐釚詞苑叢談說：「馮氏之詞，典雅豐容，雖置在古樂府可以無愧。」不過馮延己集中像長命女這樣質直的抒情詞，實不多覯。陽春集裏面的作品，類多富豔尖新，饒有新時代的作風，不僅沒有古樂府風味，也不復是花間集一派的風味。例如：

虞美人

玉鈎鸞柱調鸚鵡，宛轉留春語。雲屏冷落畫堂空，薄晚春寒無奈落花風。 搴簾燕子雙飛去，拂鏡塵鸞舞。不知今夜月眉彎，誰佩同心雙結倚闌干？

蝶戀花

莫道閑情拋棄久，每到春來，惆悵還依舊。日日花前常病酒，不辭鏡裏朱顏瘦。
河畔青蕪堤上柳，爲問新愁，何事年年有？獨立小橋風滿袖，平林新月人歸後。

又

幾日行雲何處去？忘了歸來，不道春將暮。百草千花寒食路，香車繫在誰家樹？
淚眼倚樓頻獨語：雙燕飛來，陌上相逢否？撩亂春愁如柳絮，悠悠夢裏無尋處。

采桑子

小堂深靜無人到，滿院春風；惆悵牆東，一樹櫻桃帶雨紅。　愁心似醉兼如病，欲語還慵。日暮疎鐘，雙燕歸來畫閣中。

馮延已的詞，已開北宋晏殊、歐陽修一派的新詞風，所以王國維人間詞話說：「馮正中詞雖不失五代風格，而堂廡特大，開北宋一代風氣。與中後二主詞皆在花間範圍之外，宜花間集中不登其隻字也。」

歷代詞話家對於馮氏，很多讚美之辭。但亦有誤會其詞之價值者，如張惠言說他的詞：「忠愛纏綿，宛然騷辨之義。」其實，馮延已只是自寫他的閑情，自歌他的綺曲，實在說不上什麼「忠愛」，也沒有什麼「騷辨之義」。陳世修在他的陽春集序，有幾句批評馮詞的話，我以爲說得很好：「馮公樂府，思深詞麗，韻逸調新。」這話雖是偏於恭維，却是說得很恰當的。

第七章　詞聖李煜

後主李煜，是南唐亡國之君。

亡國本是一種莫大的恥辱，後主不幸，不能保有其天下，至爲當代與後世所嘲笑怒罵，加上他一些「昏庸，」「懦弱」等難堪的形容。在政治上後主是壓根兒失敗了。可是，後主雖失敗於政治，在文學上却獲得莫大的成功。沈謙說：「後主疏於治國，在詞中猶不失爲南面王。」這話是很對的。

本來政治家和文學家是兩個不同世界裏面的人：政治家需要的是機巧的頭腦，詐僞的權術；文學家需要的是赤子之心，眞摯的熱情，特別是詩人，情感生活却是詩人的生命。後主是天生的詩人，不幸沒有政治長才，乃偏偏要他去治國，而且是治理亂世之國，那能不家破國亡，身爲俘虜呢？論者謂：「使後主非國君，必在徐、庾之上；使徐、庾爲後主，亦不免爲亡國之君。」這話也說得好。不過我們以爲後主在文學裏面的貢獻與地位，已經在徐陵與庾信的上頭了。

○　○　○　○

後主初名從嘉，改名煜，字重光，隴西人。中主李璟之第六子。生於天福元年（公元九三六）。徐鉉稱其「天骨秀穎，神氣清粹，酷好文辭，洞曉音律」。（吳王墓誌銘）蓋天生的絕代才人也。封吳王。建隆二年（公元九六一）嗣位。置澄心堂，引文士居其間，講學論文不輟。臣屬如張泌、韓熙載、徐鉉、徐鍇、高越、馮延已、徐遊輩，皆風流淹博之士。

後主妻昭惠周后，亦善歌舞，能創新聲。嘗製邀醉舞破及恨來遲破，陸遊稱其「喉無滯音，筆無停思。」（南唐書昭惠后傳）其後昭惠后病歿，後主繼立昭惠之妹，爲小周后。亦「警敏有才思，神彩端靜。」深得後主之愛寵。

這位愛好藝術的少年風流帝王，處在四鄙無驚的繁華的金陵城，優遊安適地過了十五年富貴生涯，盡情享受了十五年人間艷福。直到開寶八年（九七五）宋將曹彬攻下金陵，才驚破後主的繁華夢。

亡國以後，後主受戰勝者權威的壓迫，只好倉皇拜辭宗廟，離別宮娥，北上稱臣虜於宋。宋太祖封他爲違命侯。這個難堪的封號，到太宗即位才取消，進封爲隴西郡公。後主此時官爵雖高，但宋帝待遇他很酷，生活亦貧苦，故他寫給金陵故人的書，有「此中日夕只以眼淚洗面」的痛語。

後主死於太平興國三年（九七八），相傳是太宗賜一種牽機藥毒死的。唐餘紀傳記載此事說：「煜以七夕日生，是日燕飲，聲伎徹於禁中。太宗銜其有『故國不堪回首』之詞，至是又愠其酣暢，乃命楚王元佐等攜觴就其第而助之歡。酒闌，煜中牽機藥毒而死。」（按王銍默記載此事，則云後主死於對徐鉉說「當時悔殺了潘佑、李平」一語，致遭太宗之忌，遂有賜牽機藥事發生。未知孰是？）死後，太宗追封爲吳王，以王禮葬之於洛陽北邙山。從此，這曠代無儔的詞人便爾永絕人間了！

○　○　○　○

後主的生平際遇，前後逈殊；他所作詞的情調，也跟着形成兩個絕不相同的時期。前一個時期是在開寶八年以前，那時節後主貴爲國君，居於深宮之內，處於婦女之叢，有的是風韻閑情，有的是賞心樂事，他這時的作品自然寄情聲色以自娛。在這時期的作品，有很多涉於悬艷的描寫：

玉樓春

晚妝初了明肌雪，春殿嬪娥魚貫列。鳳簫吹斷水雲閑，重按霓裳歌遍徹。　臨春誰更飄香屑，醉拍闌干情味切。歸時休放燭花紅，待踏馬蹄淸夜月。

一斛珠

晚妝初過，沈檀輕注些兒個。向人微露丁香顆，一曲淸歌，暫引櫻桃破。　羅袖裛殘殷色可，杯深旋被香醪涴。繡床斜凭嬌無那，爛嚼紅茸，笑向檀郎吐。

相傳後主與昭惠后之妹，在未結婚前已私相戀愛，後主有好些詞都是爲她寫的。其最昵狎溫柔者莫如菩薩蠻二闋：

銅簧韻脆鏘寒竹，新聲慢奏移纖玉。眼色暗相勾，嬌波橫欲流。　雨雲深繡戶，來便諧衷素。宴罷又成空，夢迷春睡中。

又

花明月暗籠輕霧，今宵好向郎邊去。刬襪步香階，手提金縷鞋。　畫堂南畔見，一嚮偎人顫。奴爲出來難，教君恣意憐。

沈雄古今詞話：「按兩詞爲繼立周后作也。周后即昭惠后之妹。昭惠感疾，周后常留禁中，故有『來便諧衷素，』『教君恣意憐』之語。聲傳外庭，至再立后成禮而已。」

幸運之神把南唐的宮殿築成一座象牙之塔，後主沈醉其中，只知道歡愉暢快，全不知人間還有貧苦悲哀。所以他前期的作品盡是艷詞。

後主的艷詞，風調馨逸，而有韻致。其描寫，意境與文字均絕美：如「歸時休放燭火紅，待踏馬蹄淸夜月」與「爛嚼紅茸，笑向檀郞吐，」皆新意自創，未經人道語。其才華之茂煥，殆遠非五代諸詞人所能企及。

○　○　○　○

政治上的大失敗，給予了後主詞的新生命。開寶八年以後，後主失掉他的安樂宮，不能不低首下心去過俘虜的生活，他的作風也跟着轉入了第二時期，一掃曼艷之跡，變爲沈痛悽涼，哀怨萬分。試讀其離國之詞：

破陣子

四十年來家國，三千里地山河。鳳閣龍樓連霄漢，玉樹瓊枝作煙蘿，幾曾識干戈！

一旦歸爲臣僕，沈腰潘鬢消磨。最是倉皇辭廟日，教坊猶奏別離歌，垂淚對宮娥！

臨江仙

櫻桃落盡春歸去，蝶翻輕粉雙飛。子規啼月小樓西。玉鉤羅幕，惆悵暮煙垂。

別巷寂寥人散後，望殘煙草低迷。爐香閑裊鳳凰兒。空持羅帶，回首恨依依！

後主後期的作品全部是自怨自訴的「亡國的哀音。」他用悽惋的筆調，來寫不堪回首的愴懷，血淚迸發，感人至深。自其入京師以後，被禁錮着過那無自由的囚犯生涯，更無日不思念草長鶯飛的江南而哀吟：

望江南

多少恨，昨夜夢魂中。還似舊時遊上苑：車水馬如龍，花月正春風。

相見歡

林花謝了春紅，太匆匆！無奈朝來寒雨晚來風！　胭脂淚，相留醉，幾時重？自是人生長恨水長東！

又

無言獨上西樓，月如鈎，寂寞梧桐深院鎖清秋。　剪不斷，理還亂，是離愁，別是一般滋味在心頭。

虞美人

春花秋月何時了？往事知多少？小樓昨夜又東風，故國不堪回首月明中！　雕欄玉砌應猶在，只是朱顏改。問君能有幾多愁？恰似一江春水向東流！

浪淘沙

簾外雨潺潺，春意闌珊。羅衾不耐五更寒。夢裏不知身是客，一響貪歡。 獨自莫憑欄，無限江山。別時容易見時難。流水落花春去也，天上人間！

樂府紀聞說：「後主歸宋後，與故人書云：『此中日夕，只以眼淚洗面。』每懷故國，詞調愈工。其賦浪淘沙、虞美人云云，舊臣聞之，有泣下者！」

浪淘沙

往事只堪哀，對景難排。秋風庭院蘚侵階。一行珠簾風不捲，終日誰來？ 金劍已沉埋，壯氣蒿萊。晚涼天靜月華開。想得玉樓瑤殿影，空照秦淮！

西清詩話說：「後主歸朝後，每懷江國，且念嬪妾散落，鬱鬱不自聊，遂作此詞。含思悽惋。未幾下世。」後主這時候的詞，蓋已悲悼傷感之極矣！

○　○　○　○

歷代詞話家對於李後主詞的批評，已有不可勝記的美譽。其批評得最好的，要算周濟與王國維二氏的比較論。周濟論詞雜著說：「王嬙西施，天下之美婦人也，嚴妝佳，淡妝亦佳；麤服亂頭，不掩國色。飛卿嚴妝也，端己淡妝也，後主則麤服亂頭矣。」王國維人間詞話說：「温飛卿之詞，句秀也；韋端己之詞，骨秀也；李重光之詞，神秀也。」

這兩位學者的言論，都是能夠深知後主詞的偉大的。温韋雖是一代大詞人，而在李後主珠光絢爛之前，自然不免失色。我們分析後主詞之所以有超絕的成功，固然是由於他有絕世的天才和有波瀾的生活；同時也由於他有獻身於文藝的精神。蔡絛西清詩話說：

南唐後主在圍城中作臨江仙詞，未就而城破。嘗見其殘稿點染晦昧，心方危窘，不在書耳。

國之將亡，尚不忘寫作，後主獻身文藝之忠心，不言可知。故宋太祖說：「李煜若以作詩詞工夫治國家，豈爲吾所俘也。」由此可見後主實以身殉詩詞，而亡其國了。我們讀了後主的詞，不但不會責備他的亡國，而且給他無限的同情和惋惜！因爲他只是一個知道寫作的忠實的詩人，怎能敵得過殘殺人類的草莽皇帝呢！

後主的作品，篇幅不多，傳於今者不過五六十首詞。可是，每一首詞都是百讀不厭的傑作，都是超凡的聖品。他的詞只知道說自己的話，只知道說誠實的自己的話。因爲後主閱世甚淺；閱世淺則性情愈眞，愈保有赤子之心，愈有眞情之流。故所作皆獃情癡語，而愈可愛。我們看：當着他離國北上，捨不得後宮數千佳麗的時候，他就寫出「垂淚對宮娥」的詞，全不知道怕天下後世人的罵他不應該「不揮淚於宗社；」（蘇軾有此語）當着他懷念江南美景的時候，他就寫出「故國不堪回首月明中」的詞，全不知道怕宋主的疑忌危害他。他不懂得人間是一個醜惡不堪的社會，他只知道天真的憨笑，盡情的歌唱。他是太陽般的潔光，他是月亮般的皎白，他是詞人中的聖者！

後主詞善作深入淺出的描寫，自其表面觀之，好像都是些淺近的文字；細讀之，則「含思悽惋，」（蔡絛語）『淒涼怨慕，』（蘇徹語）「高妙超脫，一往情深。」（王闓運語）其才華照耀，絕世無倫。譽之「詞聖，」誰曰不宜？

第八章　五代末年三詞人

五代本是大混亂的時代，而文學却是享樂的文學。由五代末年至宋，本是時代的一個大轉變；可是在詞文學裏面，竟看不出一點象徵時代的痕跡。是因爲五代的國家太多了，興亡太快了，一般士大夫都已見慣，不再講什麽「氣節忠義」了。所以我們只看見五代末年的詞人，一個個跟着五代之亡而入宋做官，全不把治亂興亡當一囘事看。除了李後主的「亡國之音」，我們簡直聽不着詞人的一點感慨，看不着時代的半點映影。如歐陽炯、張泌、孫光憲，他們都是五代末年有名氣的詞人；他們都是做了五代的官，再去做宋代的官；而他們的詞却並無絲毫的哀感，只寫相思，只寫閨情。其風格之綺艷，更非前此五代詞人所能企及。

歐陽炯益州華陽人。初事前蜀王衍爲中書舍人。後事後蜀孟知祥、孟昶，累官翰林學士，進門下侍郎同平章事。從昶歸宋，授散騎常侍。其爲人無節操，歷仕四朝，宋史說他「性坦率，無檢操，雅善長笛。」在後蜀號稱「五鬼」之一。（見堯山堂外紀）

炯曾經替趙崇祚編的花間集作序，他說：「愁苦之音易好，歡愉之語難工。」其詞「大抵婉約輕和，不欲強作愁思者也。」（蓉城集）他的詞花間集傳十七首，尊前集傳卅一首。

南鄉子

畫舸停橈，槿花籬外竹橫橋。水上游人沙上女，迴顧，笑指芭蕉林裏住。

女冠子

薄妝桃臉，滿面縱橫花靨，艷情多。綬帶盤金縷，輕裙透碧羅。含羞眉乍斂，微語笑相和。不會頻偷眼：意如何？

更漏子

玉闌干，金甃井，月照碧梧桐影。獨自個，立多時，露華濃濕衣。一向凝情望，待得不成模樣。雖叵耐，又尋思：爭生嗔得伊？

定風波

暖日閑窗映碧紗，小池春水浸晴霞，數樹海棠紅欲盡，爭忍，玉閨深掩過年華！獨凭繡床方寸亂，腸斷，淚珠穿破臉邊花。鄰舍女郎相借問，音信；教人羞道未還家。

浣溪沙

相見休言有淚珠，酒闌重得叙歡娛，鳳屏鴛枕宿金鋪。　蘭麝細香聞喘息，綺羅纖縷見肌膚，此時還恨薄情無？

況周頤稱歐陽炯此詞：「自有艷詞以來，殆莫艷於此矣。」此外的詞，如巫山一段雲的「恨身翻不作車塵，萬里得隨君」；浣溪沙的「有情無力泥人時」；及賀聖朝、菩薩蠻諸詞，皆刻劃兒女的情態，極藻艷之能事。論者斥爲「淫靡。」（儒林公議）

張泌（一作泌）字子澄，淮南人。初官勾容尉。南唐後主召爲監察御史，歷考功員外郎，進中書舍人，改內史舍人。隨後主歸宋，官郎中。

泌爲人風流不羈，古今詞話說他少與鄰女浣衣善。經年不見，夜必夢之。女別字，泌寄以詩云：「別夢依依到謝家，小廊回合曲闌斜。多情只有春庭月，猶爲離人照落花。」浣衣爲之流淚。他的詞花間集傳二十七首，尊前集傳一首。其江城子詞最得名：

碧闌干外小中庭，雨初晴，曉鶯聲，飛絮落花，時節近淸明。睡起卷簾無一事，匀面了，沒心情。

又

浣花溪上見卿卿，臉波秋水明，黛眉輕，綠雲高綰，金簇小蜻蜓。　好是問他來得麽？和笑道：莫多情！

又

薄羅衫子薄羅裙，小腰身，晚妝新。每到花時，長是不宜春。早是自家無氣力，更被伊，惡憐人！

泌詞之艷，不下於歐陽炯，我們不妨再寫幾首詞作例：

浣溪沙

獨立寒堦望月華，露濃香泛小庭花，繡屏愁背一燈斜。雲雨自從分散後，人間無路到仙家，但憑魂夢訪天涯。

又

晚逐香車入鳳城，東風斜揭繡簾輕，慢迴嬌眼笑盈盈。消息未通何計是？便須佯醉且隨行，依稀聞道「大狂生！」

其「露濃香泛小庭花」句，語甚幽艷，後人稱賞，至有改此詞名爲小庭花者。但如「消息未通何計是？便須佯醉且隨行」之語，描寫雖工，在理學家看來，則未免有些「下流！」

孫光憲字孟文，貴平人。自號葆光子。唐時爲陵州判官。天成初（九二六）避變亂於江陵。高從誨據荆南，署爲從事，歷事三世，累官檢校祕書，兼御史大夫。宋初，勸高繼沖獻地歸宋，宋太祖用爲黄州刺史。卒於乾德中。（約九六五年）

光憲在五代詞人中要算是一位學者，他博通經史，好學喜書，嘗於遭干戈之際，以金帛購書數萬卷。著有荆台筆傭、橘齋、鞏湖諸集，均亡佚。今傳於世者有北夢瑣言二十卷，載詞家軼事甚多。其詞花間集錄六十首，尊前集錄二十三首，爲五代詞人中存詞最多者。

光憲的爲人，亦浪漫不喜拘束，其詞如「一生狂蕩恐難休，且陪煙月醉紅樓，」恰是作者的個性的寫照。他的詞的大部分，都是以描繪男女之私情爲能事。尊前集所錄他的詞，沒有一首不是涉於纖靡的。惡俗的描寫也常有。但其佳者亦自絕妙：

浣溪沙

半踏長裙宛約行，晚簾疎處見分明。此時堪恨昧平生。　早是銷魂殘燭影，更愁聞着品絃聲，杳無消息若爲情！

思帝鄉

如何？遣情情更多。永日水堂簾下斂雙蛾，六幅羅裙窣地微行曳碧波，看盡滿池疎雨打團荷。

浣溪沙

蓼岸風多橘柚香，江邊一望楚天長，片帆煙際閃孤光。目送征鴻飛杳杳，思隨流水去茫茫，蘭紅波碧憶瀟湘。

作者在五代詞壇裏面，不隸西蜀，不屬南唐，要算是獨樹一幟的詞人。王闓運稱其思帝鄉「常語常景，自然豐采。」孫洙則說：「小詞有絕無含蓄，自爾入妙者，孫光憲之浣溪沙也。」

第九章 唐五代詞人補誌

前面未及叙錄的唐五代詞人，玆爲補誌如下：

韓翃　字君平，南陽人。天寶十二年（七五三）進士。以駕部郞中知制誥，終中書舍人。太平廣記載其寄寵姬柳氏的章台柳詞云：

章台柳，章台柳，昔日靑靑今在否？縱使長條似舊垂，也應攀折他人手。

柳氏初爲妓，因慕韓翃文采而從之。亦能詞。嘗答韓以楊柳枝詞：「楊柳枝，芳菲節，可恨年年贈離別。一葉隨風忽報秋，縱使春來豈堪折。」後柳氏爲番將沙吒利所刼，虞侯許俊取還以歸韓。

劉長卿　字文房，河間人。開元中進士。至德中（七五七）爲監察御史。以檢校祠部員外，爲轉運使判官。終隨州刺史。詩甚有名，有劉隨州集。詞如謫仙怨：

晴川落日初低，惆悵孤舟解携。鳥向平蕪遠近，人隨流水東西。白雲千里萬里，明月前溪後溪。獨恨長沙謫去，江潭春草萋萋。

長卿曾遠謫湖南，故有此語。此詞本集作六言律詩，題云苕溪酬梁耿別後見寄。竇宏餘與康駢有廣謫仙怨。

張松齡　一名鶴齡，志和兄。官浦陽尉。傳漁父詞：

樂在風波釣是閑，草堂松檜已勝攀。太湖水，洞庭山，狂風浪起且須還。

元結　字次山，自稱浪士，更稱聱叟，濮州人。天寶十二年（七五三）進士。擢監察御史，遷水部員外郎，拜道州刺史，進容管經略史。卒贈禮部侍郎。詞傳款乃曲：

千里楓林煙雨深，無朝無暮有猿吟。停橈靜聽曲中意，好似雲山韶護音。

作者自注云：「舟行不進，作款乃曲，令舟子歌之，以取適於道路云。」此蓋楊柳枝一類之謠曲也。

顧況　字逋翁，海鹽人。至德二年（七五七）進士。德宗時，以祕書郎召，遷著作郎，貶饒州司戶參軍。後結廬茅山，號華陽眞逸。詞傳漁父引：

新婦磯邊月明，女兒浦口潮平，沙頭鷺宿魚驚。

此詞後爲宋人所傳誦，黃庭堅曾取與張志和的漁父詞合爲浣溪紗歌之。

元稹　字微之，河南人。（七七八——八三一）官至同中書門下平章事。詩與白居易齊名，號稱「元白」。詞傳櫻桃花：

櫻桃花，一枝兩枝千萬朶。花磚曾立采花人，窣破羅裙紅似火。

皇甫松　字子奇，皇甫湜之子。花間集傳其詞十一首。有天仙子，浪淘沙、楊柳枝、摘得新、夢江南、採蓮子等調。今舉夢江南（即憶江南）一首爲例：

蘭燼落，屏上暗紅蕉。閑夢江南梅熟日，夜船吹笛雨瀟瀟，人語驛邊橋。

鄭符　字夢復，官祕書監。詞如閑中好（題永壽寺）：

閑中好，盡日松爲侶。此趣人不知，輕風度僧語。

按段成式、張希復二家亦有閑中好詞，惟用平韻叶耳。

薛能　字大拙，汾州人。會昌中進士。累官至工部尙書。有江山集、許昌集。其詞尊前集傳楊柳枝十八首，如：

華清高樹出深宮，南陌柔條帶晚風。誰見輕陰是良夜，瀑泉聲伴月明中。

司空圖　字表聖，泗州人。咸通中進士。官禮部員外郎，遷郎中。黃巢亂，避地中條山。昭宗反正，以戶部侍郎召至京，復歸山，再召不赴。自號耐辱居士。有一鳴集。詞如酒泉子：

買得杏花。十載歸來方始坼。假山西畔藥欄東，滿枝紅。　旋開旋落旋成空，白髮多情人更惜。黃昏把酒祝東風，且從容。

韓偓　字致堯，（一作致光）萬年人。龍紀元年（八八九）進士。累官至兵部侍郎。爲朱全忠所惡，挈家南依王審知。自號玉山樵人。著香奩集、金鑾密記。其詞有生查子與浣溪沙數首。今舉其生查子爲例：

侍女動粧奩，故故驚人睡。那知本未眠，背面偸垂淚。　嬾卸鳳凰釵，羞入鴛鴦被。時復見殘燈，和烟墜金穗。

張曙　小字阿灰，張褘之侄。成都人。龍紀元年（八八九）進士。其詞北夢瑣言載賀裳詞筌稱此詞「含情無限」，唐娛紀事亦謂爲「風致過人。」浣溪沙一首：

枕障薰爐隔繡帷，二年終日兩相思，杏花明月始應知。　天上人間何處去？舊歡新夢覺來時，黃昏微雨畫簾垂。

曙此詞絕佳，一作張泌詞。

李曄　初名傑，更名敏，又更名曄。唐懿宗的第七子，僖宗弟，封壽王。以戊申（

八八八）嗣位，爲昭宗。天祐元年（九〇四）爲朱全忠所弑，在位十六年。其爲人頗愛好文學。詞傳四首，今舉巫山一段雲爲例：

縹渺雲間質，盈盈波上身。袖羅斜舉動埃塵，明艷不勝春。　翠鬢晚妝煙重，寂寂陽台一夢。冰眸蓮臉見長新，巫峽更何人？

按此係李曄幸蜀，留題寶雞驛壁之詞。

以上十三家皆唐代詞人。

李存勗　後唐莊宗李存勗乃李克用的長子。初嗣晉王。於九二三年卽帝位。其性好俳優，知音，能度曲。在位四年被弑。（九二六）詞傳如夢令、一落索與歌頭等四首。歌頭係長調，五代初年尙無此種長詞，當係僞作。今舉一葉落爲例：

一葉落，搴朱箔，此時景物正蕭索。畫樓月影寒，西風吹羅幕；吹羅幕，往事思量着。

和凝　字成績，鄆州人。年十九擧進士。仕後唐知制誥，翰林學士。後晉天福五年（九四〇）拜中書侍郎，同中書門下平章事。歸後漢，拜太子太傅，封魯國公。好爲曲子，短歌艷曲，著名汴洛，人稱爲「曲子相公。」他的詞花間集傳二十首，尊前集傳七首，類皆妖艷之作。今舉采桑子一詞爲例：

蝤蠐領上訶梨子，繡帶雙垂。椒戶閑時，競學樗蒲賭荔枝。　叢頭鞵子紅編細，裙窣金絲。無事顰眉，春思翻教阿母疑。

王衍　前蜀主王衍本名宗衍，字化源，王建之子。封鄭王。以戊寅（九一八）嗣位，乙酉（九二五）降於後唐，在位七年。衍爲人只知聲色享樂。北夢瑣言記着他一件有趣的故事：「蜀主裹小巾，其尖如錐。宮妓多衣道服，簪蓮花冠，施脂夾粉，名曰醉妝。自製醉妝詞。」其詞云：

者邊走，那邊走，只是尋花柳。那邊走，者邊走，莫厭金杯酒。

據說衍嘗宴於怡神亭，自執板歌後庭花、思越人等曲。可惜其歌詞不傳。十國春秋載其自製甘州曲，詞句亦佳。

孟昶　後蜀主孟昶本名仁贊，字保元，孟知祥的第三子。以甲午（九三四）嗣位，在位三十二年。乙丑（九六五）宋師破成都，納降，封秦國公。卒於乾德三年（九六五）。追封楚王。昶爲人亦喜浪漫，工聲曲，好爲輕艷之詞。嘗夜同花蕊夫人避暑摩訶池上，作玉樓春：

起來

冰肌玉骨清無汗，水殿風來暗香滿。繡簾一點月窺人，欹枕釵橫雲鬢亂。

瓊戶啓無聲，時見疎星渡河漢。屈指西風幾時來，只恐流年暗中換。

十國春秋謂昶尙有相見歡詞，今不傳。

錢俶　吳越王錢俶字文德，錢鏐之孫。宋太祖建隆元年（九六〇）授爲天下兵馬大元帥。太平興國三年（九七八）納土歸京師，封許王，徙封鄧王。薨後追封秦王。嘗作詞云：

金鳳欲飛遭掣搦，情脈脈，行即玉樓雲雨隔。

修品謂此詞爲宋太祖所賞，惜不見其全篇。

黃損　字益之，連州人。梁龍德二年（九二二）進士。仕南漢官至尙書左僕射。後退居永州。其詞如憶江南：

平生願，願作樂中箏。得近玉人纖手子，砑羅裙上放嬌聲，便死也爲榮。

按此詞全唐詩作崔懷寶。

李璟　南唐中主李璟，初名景通。封齊王。以癸卯（九四三）嗣位。後懼周強盛，去帝號，改稱國主。宋太祖建隆二年（九六一）卒，年四十六。詞如攤破浣溪沙（卽山花子：）

菡萏香銷翠葉殘，西風愁起碧波間。還與容光共憔悴，不堪看！　細雨夢回雞塞遠，小樓吹徹玉笙寒。簌簌淚珠多少恨，倚闌干。

中主詞少而絕佳，後主而外，實非當時諸君主的詞所能企及。

歐陽彬　字齊美，衡山人。博學能文。入蜀，獻賦於王衍，擢爲翰林學士。前蜀亡，歸孟知祥。累官尚書左丞，出爲寧江軍節度使。尋解官歸卒。其詞傳生查子一首：

竟日畫堂歡，入夜重開宴。剪燭蠟烟香，促席花光顫。　待得月華來，滿院如鋪鍊。門外簇驊騮，直待更深散。

孫　魴　字伯魚，南昌人。從鄭谷爲詩，頗得鄭體。仕吳爲宗正卿。傳楊柳枝詞十五首，例如：

嫋傍離亭靜拂橋，入流穿檻綠陰搖。不知落日誰相送，魂斷千條與萬條。

庾傳素　字里不詳，仕蜀同平章事，入後唐爲刺史。詞傳木蘭花一首：

木蘭紅艷多情態，不似凡花人不愛。移來孔雀檻邊栽，折向鳳凰釵上戴。　是何芍藥爭風彩，自共牡丹長作對。若教爲女嫁東風，除却黃鶯難匹配。

潘　佑　幽州人，避禍居江南。仕南唐爲內史舍人。因論時政觸後主怒，被收，遂自殺。佑才名甚著，有榮陽集。嘗作詞云：

樓上春寒三四面，桃李不須誇爛漫，已失了春風一半。

此詞失調名，一說韓熙載作。

成彥雄　字文幹。南唐進士。有梅嶺集。他的詞尊前集錄楊柳枝十首，例如：

輕籠小徑近誰家，玉馬追風翠影斜。愛把長條惱公子，惹他頭上海棠花。

成幼文　江南人，仕南唐官大理卿。一說馮延己的謁金門詞實成幼文所作。陳振孫直齋書錄解題說：「『風乍起』世多言馮作，而陽春集不載，惟長沙本有之，當係成氏作也。」詞見前南唐詞人馮延己一章。

徐昌圖　莆陽人。陳洪進歸宋，令昌圖奉表入汴。太祖命爲國子博士，累遷殿中丞。其詞尊前集錄三首，今舉臨江仙詞爲例：

飲散離亭西去，浮生長恨飄蓬。回頭烟柳漸重重。淡雲孤鴈遠，寒日暮天紅。

今夜畫船何處？潮平淮月朦朧。酒醒人靜奈愁濃！殘燈孤枕夢，輕浪五更風。

陶穀　字秀實，邠州新平人。仕晉爲倉部郎中，仕漢爲給事中，仕周至兵部侍郎，入宋加戶部尙書，卒贈右僕射。著清異錄。詞傳風光好：

好因緣，惡因緣，秖得郵亭一夜眠，別神仙。　琵琶撥盡相思調，知音少。再把鸞膠續斷絃，是何年！

按穀此詞有一段艷聞。洪遂侍兒小名錄說：「穀奉使南唐，驕甚。韓熙載命歌姬秦弱蘭僞爲驛卒女。穀惑之，作此以贈。明日中主宴穀，弱蘭出，歌以侑觴，穀大慚而罷。」

徐鉉　字鼎臣，會稽人。仕南唐官至吏部尚書。隨李煜歸宋，累官散騎常侍。淳化初坐累謫靖難軍司馬，卒於官。鉉精小學及篆隸，嘗受詔校說文，曾續編文苑英華，著騎省集。詞如拋球樂：

歌舞送飛球，金觥碧玉籌。管絃桃李月，簾幕鳳凰樓。一笑千場醉，浮生在白頭。

以上十六家皆五代詞人。此外的詞，如許岷有木蘭花，林楚翹有菩薩蠻，劉侍讀有生查子，及其他等詞……大都係斷簡零篇，詞意陋俗，不復一一著錄。

此時歌詩之風尚未全消，故整齊的「律絕」歌詞還是不少。到晚唐五代，民間歌詞已有見於載籍，還是値得我們珍視的。如無名氏的醉公子：

門外猧兒吠，知是蕭郎至。剗襪下香階，冤家今夜醉。扶得入羅幃，不肯脫羅衣醉。則從他醉，還勝獨睡時。

又如菩薩蠻（亦無名氏詞：）

牡丹含露眞珠顆，美人折向庭前過。含笑問檀郎：「花強妾貌強」？檀郎故相惱，須道花枝好。一向發嬌嗔，碎挼花打人。

號稱呂巖作的梧桐影，也是一首民間詞：

落日斜，秋風冷，今夜故人來不來？教人立盡梧桐影！

這些詞都寫得好，文人的詞絕沒有這樣的風致。

同時，女性的詞在這時候也常常見得着了，如閩王鏻后陳金鳳的樂游曲：

西湖南湖鬥綵舟，青蒲紫蓼滿中洲。波渺渺，水悠悠，長奉君王萬歲游。

又如南唐韓續歌姬的楊柳枝：

風柳搖搖無定枝，陽台雲雨夢中歸。他年蓬島音塵絕，留取尊前舊舞衣。

最有名的還有一首花蕊夫人的采桑子：

初離蜀道心將碎，離恨綿綿。春日如年，馬上時時聞杜鵑。

夫人姓費，爲後蜀孟昶寵姬，後歸宋，宋太祖亦嬖之。

唐五代的詞，我們述到這裏爲止。詞到此時歷史雖很短，因其爲適合於新時代的文學，很迅速的發展起來，便把詩體壓倒了，便把詩體在文學域裏所佔的王位取而代之了。

第二編　北宋詞

第十章　北宋詞之發展

北宋繼續着五代詞的發展而更加發揚光大之。當其極盛時，上自帝王名相，下至樂工伎女，無不知詞。在宋以前，我們只看見詩人以詩名天下，如白居易元稹諸人的詩歌，老嫗少婦都能謳誦。迄於北宋，詩已失掉流行社會的魔力了，再不看見那個詩人的詩轟動全國了。這時，最叫座的只有詞：如柳永的詞有井水處即能歌，其傳播之廣可以想見；如謝逸題了一首江神子詞在驛壁上，過者必索筆於驛卒來抄錄，驛卒苦之，至以泥塗其詞，是又可見佳詞之受時人歡迎有如此者；又如張先做了一句雋妙的「雲破月來花弄影」，大家便都叫他爲「雲破月來花弄影」郎中；宋祁做了一句得意的「紅杏枝頭春意鬧」，大家便叫他爲「紅杏枝頭春意鬧」尙書；賀鑄之被稱爲賀梅子，就是因他的一首青玉案詞有一句很美的「梅子黃時雨」；念奴嬌之被稱爲大江東或酹江月，就是因爲蘇軾的一首「赤壁懷古」詞有「大江東去」和「一尊還酹江月」之句。此外如「山抹微雨秦學士，」「露華倒影柳屯田，」皆以一詞片語之工，即負盛譽。此蓋由於詞的風氣，瀰漫着全宋時代，遂驅使文人學士樂於塡詞。

文人學士以外，僧侶如仲殊、祖可、惠洪、上清蔡眞人皆能詞，名媛如李清照與曾布妻魏夫人皆以詞著稱，妓女如琴操及許多失名的作者亦往往以一二詞膾炙人口。凡此均可見北宋詞的發展，實已普遍於當時的全社會，不僅在文人的社會裏風行呢。

還是就橫截面說明北宋詞的盛況。若研究其歷史的發展，則可以分爲四個時期：

第一個時期是小詞的時期，以晏殊、歐陽修、晏幾道諸人爲主幹；

第二個時期是慢詞的時期，以柳永、秦觀諸人爲主幹；

第三個時期是詩人的詞的時期，以蘇軾、黃庭堅諸人爲主幹；

第四個時期是樂府詞復興的時期時以周邦彥、李清照諸人爲主幹。

北宋詞的發展，是逐層展開的，詞體應用的範圍漸漸擴大，詞體的價値也漸漸提高。每一個時期的詞都自有其成績和特色，各不相襲。我們讀着初期的北宋詞，如晏殊諸人的小令，無窮清新，無窮雋永，以爲窮詞體的藝術了；却不料柳永起來，寫出纏綿曼衍的長詞，鋪敍宛曲，形容盡致，另是一種新的風味，又使我們覺得詞的發展已至矣盡矣了；及至蘇軾起來，以詩人自由放恣之筆，不顧格律音韵，一洗綺羅香澤之態，寫出豪放悲壯的長歌，引導我們神遊于一個海闊天空的新宇宙，使我們又歎觀止！最後周邦彥等起來，用和諧婉妙的文字，來抒寫美艷的心情，辭句精巧，格律嚴整，使詞回到樂府裏去，其詞又另有可觀。總之，北宋詞的四時期，各有特色，各有光燄；可以說，全部的北宋詞都是創造建設的工程；毛先舒說：「宋人詞才若天縱之，詩才若天絀之；」這就是因爲宋人作詞，把才氣用在創造的上面，他們作詩，則把才氣用在摸擬上面，故其成就之高低有天淵之別，並非由於宋人詞才與詩才有優劣之分也。

詞至北宋，已經是登峯造極的發展了。在全部的詞史上，這要算是最珍貴的「黃金時代。」

第十一章　北宋初期的詞壇

北宋立國最初的十餘年，還是戎馬倉皇的割據時代，其時文風盛於西蜀南唐，北宋尙無文學可言。至太宗太平興國（九七六）統一中國後，政府方才起來創導學術文藝，立崇文院，編輯太平御覽、太平廣記、文苑英華諸書。但此時立國未久，文人多五代之士。如李煜，徐鉉、歐陽炯、孫光憲、張泌諸人，皆是五代末年已著盛名之詞家而入宋者。故北宋初期之詞壇，受五代詞的影響特深。當時的學者文人，都喜歡寫淸麗婉約的小詞。我們且舉幾個作家的詞爲例。

王禹偁（九五四——一〇〇一）字元之，鉅野人。太平興國八年進士。歷右拾遺，拜左司諫，累遷翰林學士。眞宗時，召爲知制誥，出守黃州，徙蘄州卒。有小畜集。他的詩文在當時很有名，其詞如點絳唇：

雨恨雲愁，江南依舊稱佳麗。水村漁市，一縷孤煙細。　天際征鴻，遙認行如綴。

平生事，此時凝睇，誰會憑欄意！

詞苑稱禹偁此詞「淸麗可愛」。

寇準(九六一——一〇二三)字平仲，華州下邽人。太平興國進士。淳化五年參知政事。眞宗朝，累官尙書右僕射，集賢殿大學士，同中書門下平章事，封萊國公。後爲丁謂所構，乾興初，貶雷州司戶參軍，徙衡州司馬。卒贈中書令，謚忠愍。有巴東集。其詞有江南春膾炙一時：

波渺渺，柳依依，孤村芳草遠，斜日杏花飛。江南春盡離腸斷，蘋滿汀洲人未歸。

湘山野錄載寇準嘗作甘草子詞給樂工歌唱，可見作者亦知音律。他的一首寫春暮的踏莎行也很好：

春色將闌，鶯聲漸老，紅英落盡靑梅小。畫堂人靜雨濛濛，屛山半掩餘香裊。

密約沈沈，離情杳杳。菱花塵滿慵將照。倚樓無語欲銷魂，長空暗淡連芳草。

作者的小詞很富有花間集的風味。其所作點絳唇與陽關引二詞亦佳。

錢惟演字希聖，吳越王錢俶之子。歸宋爲右屯衞將軍，累遷樞密使，後知河陽，入朝，加同中書門下平章事，坐事落聽爲崇信軍節度使，歸鎭卒。謚曰思，改謚文僖。有擁旄集，伊川集。其詞傳玉樓春：

城上風光鶯語亂，城下烟波春拍岸。綠楊芳草幾時休，淚眼愁腸先已斷。　情懷漸變成衰晚，鸞鏡朱顏驚暗換。昔年多病厭芳樽，今日芳樽唯恐淺。

黃昇說：「此公暮年作，詞極悽惋」。

林逋字君復，錢塘人。隱居西湖之孤山，不仕。眞宗聞其名，詔長吏歲時勞問，卒賜謚和靖先生。逋善爲詩，終身不娶，嘗有妻梅子鶴的佳話。有作集。其詞如：

點絳唇（詠草）

金谷年年，亂生春色誰爲主？餘花落處，滿地和煙雨。　又是離歌，一闋長亭暮。王孫去，萋萋無數，南北東西路。

長相思

吳山青，越山青，兩岸青山相送迎，誰知離別情。　君淚盈，妾淚盈，羅帶同心結未成，江頭潮已平。

彭孫遹稱這首長相思「何等風致」！

范仲淹（九八九——一〇五二）字希文，其先邠人，後徙吳縣。大中祥符八年進士。仕至樞密副使，參知政事。以資政殿學士，爲陝西四路宣撫使，知邠州，徙鄧州、荆南、杭州、青州。卒贈兵部尙書，謚文正。有作集。其詞傳范文正公詩餘一卷。

蘇幕遮

碧雲天，紅葉地，秋色連波，波上寒烟翠。山映斜陽天接水，芳草無情，更在斜陽外。　黯鄉魂，追旅思，夜夜除非好夢留人睡。明月樓高休獨倚，酒入愁腸，化作相思淚。

漁家傲

塞下秋來風景異，衡陽鴈去無留意。四面邊聲連角起，千嶂裏，長煙落日孤城閉。　濁酒一杯家萬里，燕然未勒歸無計。羌管悠悠霜滿地。人不寐，將軍白髮征夫淚。

御街行

紛紛墜葉飄香砌，夜寂靜，寒聲碎。眞珠簾捲玉樓空，天澹銀河垂地。年年今夜，月華如練，長是人千里。　愁腸已斷無由醉，酒未到，先成淚。殘燈明滅枕頭欹，諳盡孤眠滋味。都來此事，眉間心上，無計相迴避。

這幾首詞都寫得好。楊愼詞品很稱賞御街行一首，謂爲極有「情致。」彭孫遹詞藻則激賞其前二首說：「范希文蘇幕遮一調，前段都入麗語，後段純寫柔情，遂成絕唱。「將軍白髮征夫淚，」亦復蒼涼悲壯，慷慨生哀。」

北宋初葉，文人學者薰染五代社會的流風，大都愛好詞。但他們只是偶爾塡詞，並不專力於詞。除上面所舉例的幾個詞作者外，如蘇易簡、陳彭年、潘閬、陳堯佐、夏竦等，雖都有詞流傳，至多不過二三首，少則僅有一首。范仲淹要算詞最多的了，他的范文正公詩餘一卷也只有六首詞。其中蘇幕遮一詞，曾糙的樂府雅慥題爲無名氏作；剔銀燈一詞出自中吳紀聞，均不可信；定風波詞則殘缺不全。其可靠的作品實只有三首。可以說，沒有一個篇幅可以成集的詞人。可是，至范仲淹的時候，已經是仁宗朝，北宋立國已六十多年，詞已經發展起來了。范仲淹雖不甚作詞，同時代的晏殊、歐陽修諸大詞人出來作詞了。北宋一切文學，至仁宗朝始光大。歌詞亦然。從此時起，宋詞的光榮時代開始了，詞壇繼續着熱鬧了兩百多年。

第十二章　晏殊

晏殊是北宋詞壇的前輩，大詞人歐陽修、張先及范仲淹，俱出其門。他的詞接近五代詞風，而自成一家格調，最足以代表北宋第一個時期的詞壇。

殊字同叔，撫州臨川人。生於淳化二年（九九一。）七歲能屬文。景德初，張知白以神童薦之於闕下，召與進士千餘人並試庭中。殊神氣不懾，援筆立就，賜進士出身，並使盡讀祕閣書。累擢知制誥，翰林學士。後事仁宗，尤加信愛。慶歷中，官至集賢殿學士，同中書門下平章事，兼樞密院使。以疾請歸，留侍經筵。卒於至和二年（一〇五五。）仁宗哀悼異常，贈司空兼侍中，諡元獻。宋史稱他：「平居好賢，當世知名之士如范仲淹，孔道輔皆出其門。及爲相，益務進賢材，而仲淹與韓琦、富弼皆進用。」又稱：「殊性剛簡，奉養淸儉。……文章瞻麗，應用不窮。尤工詩，閑雅有情思。晚歲，篤學不倦。」（卷三百十一）所著有文集二百四十餘卷，又刪次梁以後名家述作爲集選百卷。今皆不傳。現所流傳者只有他最著名的傑作珠玉詞一卷。殊的詩文均不甚佳。他在文學裏面的光榮地位，完全是由他的詞烘托出來的。

珠玉詞共只一百數十首，其中很多雋妙的小詞：

清平樂

金風細細，葉葉梧桐墜。綠酒初嘗人易醉，一枕小窗濃睡。　紫薇朱槿初殘，斜陽却照欄干。雙燕欲歸時節，銀屏昨夜微寒。

踏莎行

小徑紅稀，芳郊綠遍，高台樹色陰陰見。春風不解禁楊花，濛濛亂撲行人面。翠葉藏鶯，珠簾隔燕，爐香靜逐遊絲轉。一場愁夢酒醒時，斜陽却照深深院。

相思兒令

昨日探春消息，湖上綠波平。無奈邊堤芳草，還向舊痕生；　有酒且醉瑤觥，更何妨檀板新聲。誰教千絲楊柳，就中牽繫人情！

破陣子

燕子來時新社，梨花落後淸明。池上碧苔三四點，葉底黃鸝一兩聲，日長飛絮輕。巧笑東鄰女伴，采桑徑裏逢迎。疑怪昨宵春夢好，元是今朝鬬草贏，笑從雙臉生。

晏殊詞最大的好處，是風調閑雅，音韻和諧，辭句清新富麗。他有時也說愁，有時也寫淚。可是他的愁只是閑愁，並不是愁苦不堪；他的淚也只是淸淚，並不怎樣酸辛。他所寫的只是「時光只解催人老」（采桑子，）「等閑離別易消魂」（浣溪沙，）「無可奈何花落去」（浣溪沙），「酒醒人散得愁多」（浣溪沙）一類着些淺愁薄恨的詞句，只是表現一點人生離別變幻的共感，作者並無深摯的哀怨心情。我們讀遍珠玉詞，所得着的只是一種「閑雅」而「平適」的印象。

本來晏殊一生榮華富貴，他的生活永遠是那樣平淡舒適，無驚濤駭浪；他的詞自然也會如其爲人，絕無劍弩氣，而具有輕淡婉和的特徵。

晏殊的爲人是剛簡端正，而他的小詞則慣作情語。他的兒子晏幾道說：「先君平日小詞雖多，未嘗作婦人語也。」這話全不可信。殊所作的小詞實在是蘊藉多情，也愛作婦人語。詞例如：

浣溪沙

淡淡梳妝薄薄衣，天仙模樣好容儀，舊歡前事入顰眉。　閑役夢魂孤燭暗，恨無消息畫簾垂，且留雙淚說相思！

清平樂

紅牋小字，說盡平生意。鴻雁在雲魚在水，惆悵此情難寄。　斜陽獨倚西樓，遙山恰對簾鉤。人面不知何處，綠波依舊東流。

踏莎行

碧海無波，瑤台有路，思量便合雙飛去。當時輕別意中人，山長水遠知何處。綺席凝塵，香閨掩霧，紅箋小字憑誰附？高樓目盡欲黃昏，梧桐葉上蕭蕭雨。

蝶戀花

檻菊愁烟蘭泣露，羅幕輕寒，燕子雙飛去。明月不諳離別苦，斜光到曉穿朱戶。昨夜西風凋碧樹，獨上高樓，望盡天涯路。欲寄彩鸞無尺素，山長水闊知何處！

晏殊受了五代艷詞最大的影響，他不但愛寫情詞，會作婦人語，而且以這類的詞為最工。他那些不作情語，不作婦人語的慶祝詞，「世間榮貴月中人」（訴衷情，）「南春祝壽千千歲」（蝶戀花）一類的詞，絕無詩意，全不可讀。遠不如他那些「東城南陌花下，逢着意中人，」（訴衷情）「心心念念，說盡無憑，只是相思，」（訴衷情）一類的詞，較富有情趣。我們評選珠玉詞，只有他那些描寫離愁別恨的情才詞足以代表作者的偉大。不過在宋人中，晏殊的情詞寫得較爲輕淡，不甚濃艷耳。

劉攽說：「元獻尤喜馮延己歌詞，其所自作，亦不減延己。」（中山詩話）這話是對的。晏殊的詞雖不必和馮延己相同；但他的詞風，受馮延己的影響特大：是無可諱言的。

第十三章　歐陽修

歐陽修是繼晏殊而起的詞人中的佼佼者，爲北宋第一個時期詞壇中的柱石。他的小詞的造詣，實駕晏殊而上之。

修字永叔，廬陵人。（一作永豐人）生於眞宗景德四年（一〇〇七），舉進士甲科。歷官禮部侍郎，兼翰林侍讀學士，拜樞密副使，參知政事。以太子少師致仕。他在滁州時，自號醉翁。晚號六一居士，意謂「集古錄一千卷，書一萬卷，琴一張，棋一局，酒一壺，鶴一雙」也。其閑逸可想。卒於神宗熙寧五年（一〇七二，）贈太子太師，謚文忠。（其生平事蹟，詳見宋史卷三一九本傳，這裏不贅。）

歐陽修爲當代負盛名的詩古文家，著作甚富，其作集有新唐書、新五代史、毛詩本義、集古錄、歸田錄、六一詩話、及其所著詩文文忠集等書，不下數百萬言。其詞則僅有六一居士詞三卷(今作一卷。)可是，他的詩文等集雖富，均不足以表彰他在文學史上的特殊地位；能表現他的文學的至高價值的，只有他那百數十首的六一居士詞。

修的詞風與其詩文作風，完全異致。其詩文大都帶上一幅莊麗古板的儒學面孔，文學的氣分極少；其詞則多爲至性深情的流露，文學的意味深長。但有許多儒教信徒，以爲歐公乃一代儒宗，不應有此情詞艷語，爲盛德之累，極力爲之掩諱。於是歐陽修的一部絕妙好詞，給他們任意的割裂，插進陽春集、珠玉詞、安陸詞、淮海詞、斷陽詞等集裏面去，致許多好詞不復爲修所有。他們恐怕割裂易啓人疑，又重爲之辨護，如曾慥說：「歐公一代儒宗，風流自命。詞章窈窕，世所矜式。乃小人或作艷曲，謬爲公詞，今悉删去。」（樂府雅詞序）羅長源說：「公嘗致力於詩，爲之本義，温柔敦厚，所得深矣。今詞之淺近者，前輩多謂是劉煇僞作。」陳質齋說：「歐陽公詞多與花間陽春相混，亦有鄙褻之語廁其中，當是仇人無名子所爲也。」此外蔡絛西淸詩話也說：「今詞之淺近者，前輩多謂是劉煇僞作。」

他們這種武斷的辨護，和晏幾道說他的父親晏殊的詞「未嘗作婦人語」一樣的無聊。推其用意，無非想把歐陽修等人拉離文人的地位，去聖廟裏吃一塊冷豬肉而已。其實，這是太錯了。北宋詞人深受五代艷詞的影響，自晏殊歐陽修以下，張先，晏幾道、蘇軾、黃庭堅、秦觀等，那一個沒有艷詞。名相如司馬光，逸人如林逋，都有艷詞流傳咧。即如曾慥的樂府雅詞，將歐陽修的艷曲悉行删除，而所存的八十三首詞還是不少涉艷之語。今舉數詞爲例：

生査子

去年元夜時，花市燈如晝。月上柳梢頭，人約黃昏後。 今年元夜時，月與燈依舊。不見去年人，淚滿春衫袖。（此詞向誤收入朱淑貞的斷腸詞）

又

含羞整翠鬟，得意頻相顧。雁柱十三絃，一一春鶯語。 嬌雲容易飛，夢斷知何處。深院鎖黃昏，陣陣芭蕉雨。（此詞向誤收入張先的安陸詞）

南歌子

鳳髻金泥帶，龍紋玉掌梳。走來窗下笑相扶，愛道「畫眉深淺入時無」？ 弄筆偎人久，描花試手初。等閑妨了繡工夫，笑問「雙鴛鴦字怎生書」？

這不都是艷詞嗎？又如臨江仙的「水晶雙枕，傍有墮釵橫」，浣溪沙的「休回嬌眼斷人腸」，「爲誰消瘦損容光」，不也是艷詞嗎？又如洞仙歌令的「便直饒伊家總無情，也拚了一生爲伊成病，」簡直是曼艷之極了。其怨春郎一詞寫相思也寫得極生動．

爲伊家終日悶，受盡恓惶誰問？不知不覺上心頭，悄一霎，身心頓也沒處頓。

惱愁腸，成寸寸。已恁，莫把人縈損。奈每每人前道著伊，空把相思淚眼和衣搵。

歐陽修眞是抒情詞的聖手，他寫艷曲好，他寫離愁別恨之情亦甚佳妙：

歸國謠

何處笛？今夜夢回情脈脈，竹風簷雨寒窗隔。　離人幾歲無消息，今頭白，不眠特地重相憶。

長相思

花似伊，柳似伊，花柳青春人別離，低頭雙淚垂。　長江東，長江西，兩岸鴛鴦相對飛。相逢知幾時？

訴衷情

清晨簾幕卷輕霜，呵手試梅妝。都緣自有離恨，故畫作遠山長。　思往事，惜流芳，易成傷；擬歌先斂，欲笑還顰，最斷人腸！

玉樓春

尊前擬把歸期說，未語春容先慘咽。人生自是有情癡，此恨不關風與月。　離歌且莫翻新闋，一曲能教腸寸結。直須看盡洛城花，始與東風容易別。

歸國謠詞誤入陽春集，訴衷情誤詞入山谷詞，實皆修作。（據樂府雅詞）王國維最稱賞玉樓

春一詞，謂爲「於豪放之中有沈着之致，所以尤高。」（人間詞話）

修詞也長於寫景，其佳者能寓情意於寫景物，含畫境於詞中，描寫堪稱入化；例如：

浣溪沙

堤上遊人逐畫船，拍堤春水四垂天，綠楊樓外出秋千。　白髮戴花君莫笑，六么催拍盞頻傳，人生何處似尊前？

踏莎行

候館梅殘，溪橋柳細，草熏風暖搖征轡。離愁漸遠漸無窮，迢迢不斷如春水。寸寸柔腸，盈盈粉淚，樓高莫近危欄倚。平蕪盡處是春山，行人更在春山外。

蝶戀花

庭院深深深幾許？楊柳堆烟，簾幙無重數。玉勒雕鞍游冶處，樓高不見章台路。雨橫風狂三月暮，門掩黄昏，無計留春住。淚眼問花花不語，亂紅飛過秋千去。

這幾首詞都是超凡之作，此種詞的境界，已不是五代人詞所能有了。修詞大部分是很好的。眞用不着我們誇飾，小詞發展至此可是登峯造極了。

歐陽修是有大才氣的詞人，簡短的小詞體製每不能盡其意的描寫，他往往用一調連作數詞，以抒寫重疊的意境。如定風波就是一個好例：

一

把酒花前欲問他，對花何惜醉顏酡。春到幾人能爛賞，何況無情風雨等閑多。艷樹香叢都幾許，朝暮，惜紅愁粉奈情何。好是金船浮玉浪，相向，十分深送一聲歌。

二

把酒花前欲問伊，忍嫌金盞負春時。紅艷不能旬日看，宜算，須知開謝只相隨。蝶去蝶來猶解戀，難見，回頭還是度年期。莫候飲闌花已盡，方信無人堪與補殘枝。

三

把酒花前欲問公，對花何事訴金鍾。爲問去年春甚處？虛度，鶯聲撩亂一場空。今歲春來須愛惜，難得，須知花面不長紅。待得酒醒君不見，千片，不隨流水卽隨風。

四

把酒花前欲問君，世間何計可留春？縱使靑春留得住，虛語，無情花對有情人。

任是好花須落去，今古紅顏能得幾時新？暗想浮生何事好，惟有淸歌一曲倒金樽。

五

過盡韶光不可添，小樓紅日下層簷。春睡覺來情緒惡，寂寞，楊花撩亂拂珠簾。

早是閑愁依舊在，無奈，那堪更被宿酲兼。把酒送春惆悵甚，長恁，年年三月病厭厭！

這雖是五首詞，其實只是一種意境，實只是一首詞，不過爲調體所限，只好分作五首寫耳。此外他又用十首采桑子來寫西湖，用三首漁家傲來寫牛郞織女的故事。這種種例子已可以看出小詞的體製實在過於簡短，不能抒寫繁複曲折的意境。這時候，應該有長詞體起來給詞人運用了。

第十四章 張先

張先字子野，湖州烏程人，（今吳興。）生於太宗淳化元年。（九九〇）少遊京師，得晏殊的賞識，辟爲通判。中仁宗天聖八年（一〇三〇）進士，嘗知吳江縣，官至都官郎中。卒於神宗元豐元年（一〇七八。）宋史不爲立傳，故其家世不詳。

張先是活了八十九歲的老詞人，他前後與晏殊，歐陽修，宋祁，柳永，蘇軾諸人同時。他的詞名著於當代，詞的佳話也極多。過庭錄載：

子野郎中一叢花詞云：「沈恨細思，不如桃李猶解嫁東風」，一時盛傳。永叔尤愛之，恨未識其人。子野家南地，以故至都謁永叔。閽者以通，永叔倒屣迎之曰：「此乃『桃李嫁東風』郎中。」

先亦號張三影，樂府紀聞載其故事說：

客謂子野曰：「人咸目公爲張三中。」（謂公詞有「心中事，眼中淚，意中人」也。）子野曰：「何不目之爲張三影？」客不喻。子野曰：「『雲破月來花弄影，』

『嬌柔懶起，簾壓捲花影，』『柳徑無人墮飛絮無影，』此生平得意者。」（古今詩話有亦同樣記載。）

其「雲破月來花弄影」（天仙子）一首尤著名，人皆稱爲「雲破月來花弄影」郎中。

他活到八十多歲的時候，蘇軾做官杭州，還見着他。葉夢得石林詩話說：

張先郎中能爲詩及樂府，至老不衰。居錢塘。蘇子瞻作倅時，先年已八十餘，視聽尙精強，猶有聲妓。子瞻嘗贈以詩云：「詩人老去鶯鶯在，公子歸來燕燕忙，」蓋全用張氏故事戲之。先和云：「愁似鰥魚知夜永，懶同蝴蝶爲春忙，」極爲子瞻所賞。然俚俗多喜傳詠先樂府，遂掩其詩聲。……張先生平本兼致力於詩詞，惟其詩過於典雅纖巧，不爲俚俗所喜，遂爲詞名所掩。至今張先在文學史上的令名，完全是他的詞形成的。所著有安陸集，詞一卷。

張先是跨北宋初期和第二期的詞作者，他的小詞接近晏殊歐陽修一派，他的長詞接近柳永秦觀一派，故論者稱其詞「上結晏歐之局，下開蘇秦之先。」實則張先的長詞並不足稱，也無多大影響於後來的詞壇，我們在這裏所注重敍述的是張先的小詞。

先詞多混入他人的作品，我們且選幾首可靠的詞爲例：

相思令

蘋滿溪，柳遶堤，相送行人溪水西，歸時隴月低。　煙霏霏，風淒淒，重倚朱門聽馬嘶；寒鷗相對飛。

更漏子

錦筵紅，羅幕翠，侍宴美人姝麗。十五六，解憐才，勸人深酒杯。　黛眉長。檀口小，耳畔向人輕道：「柳陰曲，是兒家，門前紅杏花。」

南鄉子

何處可魂消，京口終朝兩信潮。不管離人千疊恨，滔滔，催促行人動去橈。　記得舊江皐，綠楊輕絮幾條條。春水一篙殘照闊，遙遙，有個多情立畫橋。

菩薩蠻

夜深不至春蟾見，令人更更情飛亂。翠幕動風亭，時疑響屧聲。　花香聞水榭，幾誤飄香廟。不忍下朱扉，遶廊重待伊。

慶佳節

芳菲節，芳菲節，天意應不虛設。對酒高歌玉壺闕，慎莫負，狂風月。　人間萬事何時歇？空贏得鬢成雪。我有閑愁與君說，且莫用，輕離別。

先詞之佳者，只有這一類饒有情韻的白話小詞。他所自負的三「影」詞，過於纖巧，並沒有特殊的意境和情調。倒是他的一首自己未嘗稱道過的「隔牆送過秋千影」詞，寫得很好：

青門引

乍暖還輕冷，風雨晚來方定。庭軒寂寞近清明。殘花中酒，又是去年病。　樓頭畫角風吹醒。入夜重門靜。那堪更被明月，隔牆送過秋千影。

先詞大部分是着力於「纖巧」一方面。雖有論者稱其「韻高」，稱其「情有餘」；然其才短，故所作終難預於第一流詞人之列。

至於他的長詞，更不足以代表作者詞的特色，詳見下面慢詞的起來與柳永一章，這裏不贅。

第十五章　晏幾道等

晏幾道也是屬於第一時期的小詞作家。

幾道字叔原，號小山，晏殊的幼子。他生成是一個富於情感的文學家，性情浪漫，不喜拘束，不適宜於政治活動，故其官位止於監穎昌許田鎮。黃庭堅在小山詞序上有一段話將他的為人很說得明白：

叔原固人英也，其痴亦自絕人。……仕宦之運蹇而不一傍貴人之門，是一痴也；論文自有體，不肯一作新進士語，此又一痴也；費資千百萬，家人寒飢，而面有孺子之色，此又一痴也；人百負之而不恨，已信人終不疑其欺己，此又一痴也。

這樣一個痴人，絕似李後主。他有的是「赤子之心，」有的「眞情之流，」他全不懂怎樣做人，不懂怎樣處世，故處處遭人欺負，落拓不堪。這種性格完全是文學家的性格。

幾道是一個最富於殉情主義傾向的詞作者，在這個時期的詞人中。他的造詣高於晏殊，張先，而與歐陽修相伯仲。有小山詞一卷，原名補亡，自跋云：

補亡一編，補樂府之亡也。叔原往者浮沈酒中，病世之歌詞不足以析醒解慍，試續南部諸賢餘緒，作五七字語，期以自娛。不獨叙其所懷，兼寫一時盃酒間聞見，所同遊者意中事。嘗思感物之情，古今不易。竊以謂篇中之意，昔人所不遺，第於今無傳爾。故今所製，通以補亡名之。始時沈十二廉叔，陳十君寵家有蓮鴻，蘋雲，品清謳娛客。每得一解，卽以草授諸兒，吾三人持酒聽之，爲一笑樂。已而君寵疾廢臥家，廉叔下世，昔之狂篇醉句，遂與兩家歌兒酒使俱流傳於人間。自爾郵傳滋多，積有竄易。……

由這段自跋，很可以明白他的詞所寫的，都是當時宴樂聲伎的實錄，都是給女孩子們唱的歌詞。故其詞的大部分是艷思綺語。

浣溪沙

家近旗亭酒易酤，花時長得醉工夫，伴人歌笑懶妝梳。　戶外綠楊春繫馬，床頭紅燭夜呼盧。相逢還解有情無？

臨江仙

夢後樓台高鎖，酒醒簾幕低垂。去年春恨却來時，落花人獨立，微雨燕雙飛。

記得小蘋初見，兩重心字羅衣。琵琶絃上說相思。當時明月在，曾照綵雲歸。

醉落魄

休休莫莫，離多還是因緣惡。有情無奈思量着。月夜佳期近，寫靑牋約。心心口口長恨昨，分飛容易當時錯。後期休似前歡薄，買斷靑樓，莫放春閑却。

鷓鴣天

彩袖殷勤捧玉鍾，當年拚却醉顏紅。舞低楊柳樓心月、歌盡桃花扇底風。從別後，憶相逢，幾回魂夢與君同。今宵剩把銀缸照，猶恐相逢是夢中。

又

小令尊前見玉簫，銀燈一曲大妖嬈。歌中醉倒誰能恨，唱罷歸來酒未消。春悄悄，夜迢迢，碧雲天共楚宮腰。夢魂慣得無拘檢，又踏楊花過謝橋。

晏幾道是一個翩翩佳公子，他的靑春是在「舞低楊柳樓心月，歌盡桃花扇底風」塲中消磨的，他的生活態度是「夢魂慣得無拘檢，又踏楊花過謝橋」般浪漫的。其詞之綺艷者如「生憎繁杏綠陰時，正礙粉牆偷眼覷」（玉樓春，）「淡烟微雨，好個雙棲處」（點絳唇，）「只消鴛枕夜來閑，曉鏡心情便嬾」（西江月，）都是極生動的描寫。他的詞所寫的不外歌人妓女，如小蘋，小蓮，師師，阿茸等，均見其反復題詠。卽有愁怨之詞，亦藉以寄相思之情而已。言情以外，幾道別無抒寫的題材也。

采桑子

秋來更覺銷魂苦，小字還稀。坐想，行思，怎得相看似舊時。　南樓把手憑肩處，風月應知。別後除非夢裏時時得見伊。

蝶戀花

醉別西樓醒不記，春夢秋雲，聚散眞容易。斜月半窗還少睡，畫屏閒展吳山翠。　衣上酒痕詩裏字，點點行行，總是淒涼意。紅燭自憐無好計，夜寒空替人垂淚。

采桑子

西樓月下當時見，淚粉偷勻，歌罷還顰，恨隔爐煙看未眞。　別來樓外垂楊縷，幾換靑春。倦客紅塵，長記樓中粉淚人。

幾道痴於情。他後來人事不偶，終於下位，往日歡情，風流雲散，自不免憮然。他的自跋說：「追維往昔過從飲酒之人，或壠木已長，或病不偶。考其篇中所紀悲歡合離之事，如幻如電，如昨夢前塵，但能掩卷憮然，感光陰之易遷，歎境緣之無實也！」

評者多給譽於晏幾道的詞，黃庭堅說：「叔原樂府，寓以詩人句法，精壯頓挫，能動搖人心。合者高唐洛神之流，下者不減桃葉團扇。」陳質齋說：「叔原詞在諸名勝集中獨可追逼花間，高處或過之。」周濟說：「晏氏父子，仍步溫韋，小晏精力尤勝。」不錯，幾道的詞是純粹屬於花間集一派的。他的作品情深意摯，於綺艷之中含有淒涼之意，其成就自非富貴氣大濃的晏殊所能企及。

○　○　○　○

應該屬於北宋第一期的小詞作者，除以上所述的諸大家外，尚有許多文人，亦有小詞流傳。他們雖未專力於詞，沒有詞的作集，不能稱爲「詞家，」但偶作小詞，往往清蔚雋永，有足珍者，茲爲補錄於此。

賈昌朝字子明，獲鹿人。天禧中進士。累拜同中書門下平章事兼侍中，封許國公，進魏國公，卒諡文元。有作集。詞傳木蘭花令：

都城水淥嬉遊處，仙棹往來人笑語。紅隨遠浪泛桃花，雪散平堤飛柳絮。　東君欲共春歸去，一陣狂風和驟雨。碧油紅旆錦障泥，斜日畫橋芳草路。

黃昇云：「文元公平生惟賦此一詞，極有風味。」

王琪字君玉，華陽人。舉進士。歷官知制誥，加樞密直學士，以禮部侍郎致仕。詞如望江南：

江南雨，風送滿長川。碧瓦烟昏沉柳岸，紅綃香潤入梅天，飄灑正瀟然。　朝與暮，長在楚峯前。寒夜愁欹金帶枕　春江深閉木蘭船，烟渚遠相連。

作者曾入詞人晏殊的幕府，歐陽修，王安石均賞其詞。陳輔之云：「王君玉有望江南詞十首，自謂謫仙。王荆公酷愛其『紅綃香潤入梅天』之句。」歐陽修則喜其詠燕詞「烟徑掠花飛遠遠，曉窗驚夢語忽忽」一聯。（能改齋漫錄）

葉淸臣字道卿，長洲人。天聖初進士。歷官翰林學士，權三司使，罷知河陽，卒贈左諫議大夫。有集。詞如賀聖朝：

滿斟綠醑留君住，莫匆匆歸去。三分春色二分愁，更一分風雨。　花開花謝，都來幾許？且高歌休訴。不知來歲牡丹時，再相逢相處？

韓琦字稚圭，安陽人。天聖中進士。嘉祐初，同中書門下平章事，集賢殿大學士，進魏國公，拜右僕射，卒贈尙書令，謚忠獻。徽宗追贈魏郡王。有安陽集。吳曾能改齋漫錄說：「皇祐初，魏公鎭揚州，撰維揚好四章，所謂『二十四橋千步柳，春風十里上珠簾』是也。

後罷相出鎭安陽，復作安陽好詞十章。」今舉其點絳唇一詞爲例：

病起懨懨，庭前花影添憔悴。亂紅飄砌，滴盡眞珠淚。　惆悵前春，誰向花前醉。愁無際，武陵凝眺，人遠波空翠。

詞苑說：「公經國大手，而小詞乃以情韻勝人。」

宋祁字子京，安州安陸人，徙開封之雍丘。天聖中進士。累遷知制誥，工部尙書，翰林學士承旨。卒贈尙書，諡景文。著有出麈小集、西洲猥稿。其詞名甚著。李端叔稱他「以餘力游戲爲詞，而風流閑雅，超出意表。」今舉玉樓春一詞爲例：

東城漸覺風光好，縠皺波紋迎客棹。綠楊烟外曉寒輕，紅杏枝頭春意鬧。　浮生長恨歡娛少，肯愛千金輕一笑。爲君持酒勸斜陽，且向花間留晚照。

作者此詞曾膾炙一時，人皆稱爲「紅杏枝頭春意鬧」尙書。他的好事近、浪淘沙諸詞都寫得很好。可惜其詞傳者不多。

張昇字杲卿，韓城人。第進士。累官參知政事，以彰信軍節度使，同中書門下平章事，判許州，改鎭河陽。以太子太師致仕，贈司徒兼侍中，諡康節。詞如離亭燕：

一帶江山如畫，風物向秋瀟灑。水浸碧天何處斷，霽色冷光相射。蓼嶼荻花洲，掩映竹籬茅舍。雲際客帆高掛，烟外酒旗低亞。多少六朝興廢事，盡入漁樵閑話。

悵望倚層樓，寒日無言西下。

作者傳詞不多，而此詞則頗具悲壯之感，一掃纖艷之迹。

謝絳字希深，富陽人。舉進士。歷官兵部員外郎，擢知制誥，判吏部流內，銓太常禮院，出知鄧州。有作集。詞如夜行船：

昨夜佳期初共，鬢雲低，翠翹金鳳。尊前和笑不成歌，意偸傳，眼波微送。　草草不容成楚夢，漸寒深，翠簾霜重。相看送到斷腸時，月西斜，畫樓鐘動。

絳善寫艷詞，他的菩薩蠻、訴衷情諸詞亦有很生動的綺語。

梅堯臣字聖俞，宣城人。初以蔭爲河南主簿，歷鎭安判官。仁宗召試，賜進士出身，爲國子監直講，遷都官員外郎。有宛陵集。堯臣爲當時著名詩人之一。其詞蘇幕遮很有名：

露隄平，烟墅杳，亂碧萋萋，雨後江天曉。獨有庾郎年最少，窣地春袍，嫩色宜相照。　接長亭，迷遠道，堪怨王孫，不記歸期早。落盡梨花春又了。滿地殘陽，翠色和烟老。

這是一首詠草的詞，能改齋漫錄稱歐陽修「擊節賞之」。

李冠字世英，歷城人。以文學稱於京東。舉進士不第，官乾寧主簿。有東本集。詞傳蝶戀花：

遙夜亭臯閑信步，才過清明，漸覺傷春暮。數點雨聲風約住，朦朧淡月雲來去。

桃杏依稀香暗度，誰在秋千，笑裏輕輕語。一寸相思千萬縷，人間沒個安排處。

王安石說：「張子野『雲破月來花弄影，』不如冠『朦朧淡月雲來去』也。」

司馬光字君實，夏縣人。寶元初中進士甲科。累官資政殿學士，尚書左僕射，兼門下侍郎。卒贈太師溫國公，諡文正。有傳家集。此公文章道德，世所矜式，然作爲小詞，風味極不淺。例如西江月：

寶髻鬆鬆梳就，鉛華淡淡粧成。紅雲翠霧罩輕盈，飛絮遊絲無定。　相見爭如不見，有情還似無情。笙歌散後酒微醒，深院月明人靜。

若此情詞，即求之六一居士詞與小山詞中亦不可多得也。

以上共敍錄十八。此外尚有未提及的同時的詞作者，都只是一二詞流傳後世，不甚著名於詞壇，均見本編末章北宋詞人補誌。

第十六章　慢詞的起來與柳永

當仁宗朝，晏殊、歐陽修、張先諸人的小詞盛極一時之際，忽然出來了一位革命的新進詞家柳永，他專門寫作長詞，一掃舊風，其作品流行一時，把小詞的風勢竟然壓倒了。可以說，以前北宋的詞壇完全是小詞的地盤，完全是因襲五代的詞風；至柳永起來以後，北宋詞才進於第二期的發展，才衍小詞爲長調，才創造詞的新風格。

我們遍讀柳永以前的歌詞，以小令爲最多，中調已經很少了，至九十一字以上的長調，則完全沒有。相傳後唐莊宗李存勗的歌頭，歐陽修的摸魚兒慢等詞，雖係長調，然均不可信。歌頭長至一百三十六字，此種鉅製，至北宋初期尚無第二首，而謂出於五代初年，未免過於突兀，孤立無和。萬樹詞律謂後半叶韻甚少，必有訛處；前半亦未必確然。夫莊宗乃深通音律者，作詞必不訛誤若此，自係後人僞作。至歐陽修之詞，所作以小詞爲最多。堪稱長調者僅摸魚兒慢、御帶花、涼州令等數詞。摸魚兒慢與本調不合，後段則竟全異；御帶花則以詠元夕而有「作晝會」之語，文字錯誤；涼州令一調則至柳永時始作小令，歐陽修何能預先衍爲長調？且歐陽氏集中所塡各調，大都係因襲舊有，可見作者並不着意於新聲，乃竟謂其創製長調，自亦未免突兀，叫我們不敢輕信。歐集本多混雜，這幾首作品，當是後人之作，僞爲歐詞。

長調之創作實始於柳永，南宋初年人吳曾著能改齋漫錄卽說：

按詞自南唐以來，但有小令。慢詞當起於宋仁宗朝，中原息兵，汴京繁庶，歌台舞席，競賭新聲。耆卿（柳永）失意無俚，流連坊曲。遂盡收俚俗語言，編入詞中，以便伎人傳習。一時動聽，散播四方。其後東坡、少遊、山谷等相繼有作，慢詞遂盛。

慢詞類皆長詞，宋翔鳳樂府餘論上說：「詞由小令而有引詞，又曰近詞，謂引而近之也。又次而有慢詞。慢者，曼也，謂曼聲而歌者也。」原來慢詞是北宋的新興樂府，牠的內容聲調偏於曼艷一方面，牠的形體較長於小令。如果照宋人編的草堂詩餘的詞的分類法，以五十八字以內爲小令，五十九字至九十字爲中調。九十一字以外爲長調，（此種分類法實極勉強）則慢詞大都係九十一字以上的長調，亦有入中調者，然不多。我們說柳永首創慢詞，就是說他首創長篇的歌詞；他的樂章集幾乎就是一部慢詞作集，就是一部長歌集，除了少數的小詞以外。

何以長篇的歌詞會自柳永產生呢？這一個問題倒不可不在這裏加以解釋。

我們知道詞體是以樂曲爲模型的。照這個原則說，詞體的轉變是跟隨着樂曲的。宋初的樂曲已經大部分不同於五代的樂曲了。宋史樂志說：

太宗洞曉音律，前後親制大小曲，及因舊曲創新聲者，總三百九十。凡制大曲十八，曲破二十九，琵琶獨彈曲破十五，小曲二百七十；因舊曲造新聲者五十八。……

由這段記錄，我們知道太宗所製曲因舊曲造新聲者只有五十八，而自創的新曲竟多至三百三十二，可見北宋初年新樂曲已經很盛了。樂志又說：

民間作新聲者甚衆，而教坊不用。太宗所製曲，乾興以來通用之。……仁宗洞曉音律，每禁中度曲以賜教坊，或命教坊使撰進，凡五十四曲，朝廷多用之。……

由這段記錄我們又知道當時民間的樂曲也很繁盛，可是他們製的曲調與政府的樂曲完全不同，故教坊只用太宗仁宗們所撰製及其自製的樂曲，而民間則另有流行的新聲，另有流行的俚俗的新聲歌詞。當時的詞人如晏殊，歐陽修等雖時代略早於柳永，但他們都是名臣學者，在這種政府樂曲與民間樂曲異道揚鑣的局面之下，自不會來創導模擬民間的新聲。只有風流倜儻，藝術創作慾旺盛的詞人柳永，當他「失意無俚，流連坊曲」之際，才懂得賞鑑民衆的新樂曲及其歌詞的妙處，才「盡收俚俗語言，編入詞中。」李清照詞論上說：

始有柳屯田永者，變舊聲，作新聲，出樂章集，大得聲稱於世。……

柳永不喜歡去塡那些晚唐五代至北宋初期的詞人寫厭塡慣了的老調兒，而採取時新的民間樂曲，用俚俗的語言寫成曼艷的新詞，自然會「大得聲稱於世」。

柳永的詞就是代表當時民間的新聲樂府。舊聲但有小令，新聲便有慢詞。蓋樂曲既繁，逐漸增衍，「益其節拍，廣其韻疊，延其聲音，豐其情意」，而小令自衍爲慢詞矣。

詞至北宋，作者正嫌小詞太簡短，不能描繪盡致，窮意竭言；且爲用已久，亦嫌陳舊；慢詞之興，正是給文人詞客賣弄才華的好機會。故自柳永創製慢詞以後，張先秦觀輩繼續有作，慢詞遂盛。於是這種民間的新聲樂府乃變成文人社會裏的正統文學了。

此是後話不提，且先讓我們來介紹這位慢詞第一個作家柳永吧。

〇　〇　〇　〇

柳永初名三變，字耆卿。（葉夢得避暑錄話以爲初名永，後改名三變，似誤。）福建崇安人。（朱彝尊詞綜作樂安，亦誤。）時人稱爲柳七。他生卒年不詳，約生於公元一〇〇〇年左右，屬十一世紀上半期的人。父宜擢，官至工部。有兄三復，三接，皆工文，號「柳氏三絕。」他的家世可考者僅此。

永少年時詞名已著。葉夢得說他「爲舉子時，多游狹邪，善爲歌辭。教坊樂工每得新腔，必求永爲辭，始行於世。於是聲傳一時。」（避暑錄話）不料他的功名適爲其詞名所累。吳曾能改齋漫錄載：

仁宗留意儒雅，務本向道，深斥浮艷虛華之文。初進士柳三變好爲淫冶謳歌之曲，傳播四方。嘗有鶴冲天詞云：「忍把浮名換了淺斟低唱。」及臨軒放榜，特落之曰：「且去淺斟低唱，何要浮名」？……

他後來至景祐元年（一〇三四）方纔登進士第。改名爲永，始得爲睦州掾官。官至屯田員外郎，世號柳屯田。後又因作詞失歡於仁宗，黃昇唐宋諸賢絕妙詞選載：

永爲屯田員外郎。會太史奏老人星見。時秋霽，宴禁中。仁宗命左右詞臣爲樂章。內侍屬柳應制。柳方冀進用，作此詞（按卽醉蓬萊）奏呈。上見首有「漸」字，色若不懌。讀至「宸遊鳳輦何處，」乃與御製眞宗挽詞暗合，上慘然。又讀至「太液波翻，」曰：「何不言波澄？」投之於地，自此不復擢用。

柳永本欲以詞求進，詎料一再被黜，官位便止於一個小小的屯田員外郎，從此便永遠「失意無俚」了，他不得不忍把浮名來換「淺斟低唱」了。他自稱「奉旨塡詞柳三變，」浪游娼樓酒館間，無復檢率。他的詞大都是替樂工們撰的，給歌伎們唱的。他這樣縱情於聲色，在歌舞場中過了一生。相傳他死於襄陽，家無餘財。羣妓合金葬之於南門外。（獨醒雜志謂葬在棗陽縣之花山）每春月上冢，謂之「弔柳七。」但王士禎詩云：「曉風殘月仙掌路，何人爲弔柳屯田？」按仙人掌地在儀眞之西，與棗陽襄陽相距數千里。然則這位落魄的詞人的孤墳究在何處呀？我人惟有臨風憑弔他的精靈呢。

○　○　○　○

我們所能知道的柳永的事蹟，盡於上述。現在，請言其詞。

柳永對於詞的最大的貢獻，是在他的創調。他一方替詞壇開闢了一條「慢詞」的新路，一方又獻給後來詞人許多慢詞的新調。這許多新調是都經柳永的嘗試成功，而給與後人塡詞的大便利的。我們讀柳永的樂章集，前不經見的創調極多。約略計算，九十一字以外的長調共有七十曲：

黃鶯兒　雪梅香　送征衣　玉女搖仙佩

早梅芳
晝夜樂
笛家弄
傾杯
迎新春
曲玉管
尾犯
女冠子
滿朝歡
傳花枝
雨霖鈴
定風波
尉遲杯
慢卷紬
征部樂
法曲獻仙音
采蓮令
歸朝歡
西平樂
浪淘沙慢
一寸金
永遇樂
夏雲峯
內家嬌
破陣樂
雙聲子
陽台路
拋球樂
二郎神
醉蓬萊
宣清
賢集賓
錦堂春
留客住
隔簾聽
應天長
鳳歸雲
安公子
合歡帶
長相思慢
戚氏
輪台子
引駕行
望遠行
彩雲歸
擊梧桐
夜半樂
洞仙歌
祭天神
八六子
長壽樂
離別難
望海潮
如魚水
滿江紅
玉蝴蝶

竹馬子　迷神引　六么令　八聲甘州

玉山枕　透碧霄　瑞鷓鴣　塞孤

臨江仙　木蘭花慢

不及九十一字的中調及小令詞亦有三十五曲：

鬭百花　甘草子　柳腰輕　鳳銜杯

夢還京　受恩深　看花回　鶴沖天

柳初新　兩同心　金蕉葉　婆羅門令

惜春印　佳人醉　迷仙引　秋蕊香

秋夜月　法曲第二　思歸樂　卜算子慢

駐馬聽　歸去來　荔枝香　鵲橋仙

過澗歇近　小鎮西　剔銀燈　甘州令

西施　郭郎兒近　憶帝京　祭天神

梁州令　訴衷情近　促拍滿路花

這裏所錄的一百零五個曲調，有小部分是由舊曲衍爲新聲，如女冠子、定風波、浪淘沙、內家嬌、拋球樂、集賢賓、應天長、長相思、望遠行、洞仙歌、離別難，玉蝴蝶，瑞鷓鴣，塞孤，臨江仙，鳳銜杯，鶴沖天，歌蕊香，卜算子，鵲橋仙，訴衷情近等調皆小令衍爲慢詞。其大部分的詞調則都是新聲樂曲。其長者如戚氏竟長至二百十二字，拋球樂亦有一百八十八字。此皆柳永辛苦地從民間樂府介紹到文人的詞壇裏來，使貧乏的詞壇平添一百多個新的詞調。由這許多新調，引導着後進詞人都向慢詞方面去努力；由這許多新調，給後人塡寫了無數的雋妙新詞，因以造成詞壇的新發展。論首倡之功，自不能不推崇柳永吧。

○　○　○　○

說到這裏，我們要開始談柳永的詞了。

柳永所作詞，其最大的成績是貢獻給詞壇以一種新的詞風，是在五代初宋人詞中所找不出來的詞風。雖然他的描寫也和前人一樣限於旅思閨情，却已打破以前「詞必以含蓄雋永爲工」的律令，捨棄了五代初宋人詞的婉約風致，而盡情地作層疊鋪敘，展衍無餘的描寫。這種詞的佳處是能將繁複的意境，纏綿的情思，寫得淋漓盡致，備足無餘。例如：

八聲甘州

對瀟瀟暮雨灑江天，一番洗清秋。漸霜風淒緊，關河冷落，殘照當樓。是處紅衰翠減，苒苒物華休。惟有長江水，無語東流。　不忍登高臨遠，望故鄉渺邈，歸思難收。歎年來蹤迹，何事苦淹留！想佳人妝樓長望，誤幾囘天際識歸舟。爭知我倚闌干處，正恁凝愁！

玉蝴蝶

望處雨收雲斷，凭欄悄悄。目送秋光，晚境蕭疎，堪動宋玉悲涼。水風輕，蘋花漸老；月露冷，梧葉飄黃。遣情傷，故人何在，煙水茫茫。　難忘文期酒會，幾辜風月，累變星霜。海闊山遙，未知何處是瀟湘。念雙燕，難憑遠信；指暮天，空識歸航。黯相望，斷鴻聲裏，立盡斜陽。

雨霖鈴

寒蟬淒切，對長亭晚，驟雨初歇。都門帳飲無緒，方留戀處，蘭舟催發。執手相看淚眼，竟無語凝咽。念去去千里烟波，暮靄沉沉楚天闊。　多情自古傷離別，更那堪冷落清秋節！今宵酒醒何處？楊柳岸，曉風殘月。此去經年，應是良辰好景虛設。便縱有千種風情，更與何人說？

「含意無窮，」是北宋初期詞風的特色；「情思展衍，」是北宋二期詞風的特色。柳永便正是第二期詞風的創造者。他的詞能狀難描之景，達難寫之情，而出之以自然。尤長于寫男女相思之情，例如：

鳳棲梧

獨倚危樓風細細，望極，離愁黯黯生天際。草色山光殘照裏，無人會得憑欄意。也擬踈狂圖一醉，對酒當歌，彊樂還無味。衣帶漸寬終不悔，爲伊消得人憔悴。

晝夜樂

洞房記得初相遇，便只合長相聚。何期小會幽歡，變作離情別緒。況值闌珊春色暮，對滿目亂花狂絮。直恐好風光，盡隨伊歸去。　一場寂寞憑誰訴，算前言總輕負。早知恁地難拚，悔不當初留住。其奈風流端正外，更別有繫人心處。一日不思量，也攢眉千度。

如果我們激賞作者這種描繪入微的情語，不妨再舉幾首詞爲例：

定風波

自春來，慘綠愁紅，芳心是事可可。日上花梢，鶯穿柳帶，猶壓香衾臥。煖酥銷，膩雲嚲，終日厭厭倦梳裹。無那！恨薄情一去，音書無個。　早知恁般麼，悔當初不把雕鞍鎖。向鷄窗，只與蠻牋象管，拘束教吟詠，鎮相隨，莫拋躲，鍼綫閑拈伴伊坐，和我，免使少年光陰虛過。

菊花新

欲掩香幃論繾綣，先斂雙蛾愁夜短。催促少年郎，先去睡鴛衾圖暖。　須臾放了殘鍼線，脫羅裳恣情無限。留取帳前燈，時時待看伊嬌面。

也許我們嫌這種詞過於曼艷，但這樣的詞在樂章集裏面眞是不勝舉例，如鶴沖天的「假使重相見，還得似舊時麽？悔恨無計，那迢迢長夜，自家只恣摧挫，」殢人嬌的「恨浮名牽繫，無分得與你恣情濃睡，」甘草子的「卻傍金籠，共鸚鵡念粉郎言語，」木蘭花令的「風流腸肚不堅牢，只恐被伊牽引斷，」都是風流艷冶之詞。柳永本是一個縱情聲色的浪漫者，故所作總不離男女之情。如果除去艷詞一部分，樂章集便無詞可讀了。我們不是抱道德的觀念來讀詞，爲什麽要反對寫得隹妙的艷詞呢？

柳永的詞是在當時最受民衆歡迎的。葉夢得說：「余仕丹徒，嘗見一西夏歸朝官云：『凡有井水處，卽能歌柳詞。』言其傳之廣也。」（避暑錄話）陳師道也說：「柳三變作新樂府，骪骳從俗，天下詠之（後山詩話）相傳金主亮讀了他的望海潮詞「有三秋桂子，十里荷花」之句，欣然起投鞭渡江之志。范鎮讀了他的詞也說：「仁宗四十二年太平，鎭在翰苑十餘載，不能出一語詠歌，乃於耆卿詞見之。」（方輿勝覽）凡此均可見柳永詞在當時的流行與影響，絕非只給文人士夫誦讀的晏、張、歐陽諸人的詞所能企及。

論者每嫌柳詞俚俗，風格不高。這種批評是無損於柳詞的偉大的。陳質齋說得好：

柳詞格不高，而音律諧婉，詞意妥帖，承平氣象，形容曲盡。尤工於羈旅行役。

宋翔鳳也說：

柳詞曲折委婉，而中具渾淪之氣。雖多俚語，而高處足冠橫流。……以屯田一生精力在是，不似東坡輩以餘事爲之也。

這兩段話把柳永詞的特點闡明無遺了。

○　○　○　○

與柳永齊名的詞人張先，也有慢詞的創作。他作集中的山亭宴慢、謝池春慢，宴春台慢，少年遊慢，卜算子慢，皆由小令衍爲慢曲；又有歸朝歡，喜朝天，破陣樂，滿江紅，傾杯，沁園春，剪牡丹，滿庭芳，汎靑苔，勸金船：漢宮春諸長調，則當時流行之新聲也。今舉卜算子慢爲例：

溪山別意，煙樹去程，日落采蘋春晚。欲上征鞍，更掩翠簾回面，相盼。惜彎彎淺黛，長長眼。奈畫閣歡遊，也學狂風飛絮輕散。　水影橫池館，對靜夜無人，月高雲遠。一晌凝思，兩眼淚痕還滿。難遣！恨私書又逐東風斷。縱夢澤層樓萬尺，望湖城那見？

先短於才，只能寫小令；其長調過於典雅纖巧，實非佳品。即其最有名的謝池春慢亦不過爾爾。怪不得時人以爲張先不如柳永了。

以政治家兼文學家的王安石，亦工長短句。安石字介甫，臨川人。（一〇二一——一〇八六）亦爲與柳永略同時代而作慢詞者。其桂枝香極有名：

登臨送目，正故國晚秋，天氣初肅。千里澄江似練，翠峯如簇。歸帆去棹殘陽裏，背西風酒旗斜矗。綵舟雲淡，星河鷺起，畫圖難足。　念往昔繁華競逐，歎門外樓頭，悲恨相續。千古憑高，對此謾嗟榮辱。六朝舊事隨流水，但寒烟芳草凝綠。至今商女時時猶唱後庭遺曲。

此詞具悲壯風調，已非柳永一派的作風了。相傳蘇軾讀此詞後，歎稱「此老乃野狐精，」蓋賞其工於詞也。安石才氣甚足，宜於寫長調。可惜其詞雖有臨川先生歌曲一卷，然長調殊不多見耳。

第二篇　北宋詞

第十七章 秦觀

秦觀是繼柳永而起的慢詞作家。字少游，號太虛，揚州高郵人，生於宋仁宗皇祐元年（一〇四九。）宋史文苑傳稱他：「少豪雋慷慨，溢於文詞……強志盛氣，好大而見奇。」登進士第。以詩文受知於蘇軾，軾以爲有屈宋才。王安石亦稱其詩「清新似鮑謝。」元祐初年，蘇軾以賢良方正薦他於朝，除太學博士，祕書省正字，後兼國史院編修官。紹聖初，坐黨籍削秩，貶放於處州、累徙柳州、橫州、雷州等處。後放還至藤州，醉死於光化亭。時爲元符三年（一一〇〇）。遺著有文集四十卷，詞有淮海詞一卷。

秦觀爲蘇門四學士之一，在四學士中蘇軾尤善視觀，而稱賞其詞。但就詞而論，則他倆的詞風完全不同。觀詞最接近柳永一派，與蘇軾的詞風全異其趨。高齋詞話記：

秦少游自會稽入京見東坡。東坡曰：「不意別後公却學柳七作詞」。秦答曰：「某雖無學，亦不至是。」東坡曰：「『消魂當此際』非柳七句法乎」？秦慚服。

葉夢得避暑錄話也說：

子瞻（蘇軾）最善少游，然猶以氣格爲病，故嘗戲云：『山抹微雲』秦學士，『露花倒影』柳屯田。」

這兩段話雖是戲言，的是確論，均足以看出秦觀和柳永接近的痕跡。我們知道柳永在當時雖名滿天下，可就是一個落魄的才子，無行的文人；矜貴的文學家也許要以模擬柳七爲恥。然而大家雖口裏都不肯模擬柳七，而自己的作品却不知不覺的都追隨柳七的詞風跑。原來，自仁宗朝以後，北宋的詞壇是柳永的權威了。只有柳永一派的詞才受民衆的歡迎，才是時代的文學。故秦觀他們無形地受柳永的影響很深。即以負文譽最高的蘇軾，作爲長短句詞，精妙絕倫，而其詞名猶不及秦觀；則以秦觀能繼承柳永的衣鉢，故其詞能格外獲得一般社會的賞識傳誦。

秦觀的慢詞亦如柳永善於鋪敍，我們且舉他的幾首得意的慢詞爲例：

滿庭芳

山抹微雲，天粘衰草，畫角聲斷譙門。暫停征棹，聊共引離尊。多少蓬萊舊事，空回首，煙靄紛紛。斜陽外，寒鴉數點，流水遶孤村。　消魂當此際，香囊暗解，羅帶輕分。漫嬴得青樓薄倖名存。此去何時見也？襟袖上空染啼痕。傷情處，高城望斷，燈火已黃昏。

望海潮

梅英疏淡，冰澌溶洩，東風暗換年華。金谷俊遊，銅駝巷陌，新晴細履平沙。長記誤隨車，正絮翻蝶舞，芳思交加。柳下桃蹊，亂分春色到人家。西園夜飲鳴笳，有華燈礙月，飛蓋妨花。蘭苑未空，行人漸老，重來是事堪嗟！煙暝酒旗斜，但倚樓極目，時見棲鴉。無奈歸心，暗隨流水到天涯。

秦觀深通音律，葉夢得說他的樂府「語工而入律，知樂者謂之作家。」其詞多爲世所歌誦。相傳秦觀性不耐聚稿，間有淫章醉句，輒散落青帘紅袖間。故今所傳者不多。其表綺艷之情最活躍者當推河傳二首：

亂花飛絮，又望空鬭合，離人愁苦。那更夜來一霎薄情風雨，暗掩將春色去。籬枯壁盡因誰做？若說相思，佛也眉兒聚。莫怪爲伊，抵死縈腸惹肚，爲沒教人恨處。

又

恨眉醉眼，甚輕輕覷着，神魂迷亂。常記那回小曲欄干西畔，鬢雲鬆，羅襪剗。

丁香笑吐嬌無限，語軟聲低，道「我何曾慣」？雲雨未諧，早被東風吹散。悶損人，天不管。

寫艷情似乎還不是秦觀的特長，他的拿手戲乃是悲劇的描寫：

江城子

西城楊柳弄春柔，動離憂，淚難收。猶記多情曾爲繫歸舟。碧野朱橋當日事，人不見，水空流。　韶華不爲少年留，恨悠悠，幾時休？飛絮落花時候，一登樓。便做春江都是淚，流不動，許多愁！

踏莎行

霧失樓台，月迷津渡，桃源望斷無尋處，可堪孤館閉春寒，杜鵑聲裏斜陽暮。　驛寄梅花，魚傳尺素，砌成此恨無重數。郴江幸自繞郴山，爲誰流下瀟湘去？

此二詞淒涼哀怨，實是聖品。王國維說他的「詞境最爲淒婉，至『可堪孤館閉春寒，杜鵑聲裏斜陽暮，』則變而淒厲矣。」（人間詞話）馮煦也說「淮海古之傷心人也。」（宋六十一家詞選序）

觀不僅善作慢詞，他的小詞，綽約輕盈，亦多佳製，如：

浣溪沙

漠漠輕寒上小樓，曉陰無賴似窮秋，淡烟流水畫屏幽。　自在飛花輕似夢，無邊絲雨如愁。寶簾閑掛小銀鉤。

虞美人

高樓望斷塵如霧，不見聯驂處。夕陽村外小灣頭，只有柳花無數送歸舟。　瓊枝玉樹頻相見，只恨離人遠。欲將幽恨寄靑樓，爭奈無情江水不西流！

如夢令

池上春歸何處？滿目落花飛絮。孤館悄無人，夢斷月堤歸路。無緒，無緒，簾外五更風雨！

他的如夢令共有五首，都是雋品。

在元祐前後的詞人中，秦觀實是極可矜貴的一個。當時及後世的詞話家沒有不極口稱讚他的。

晁補之說：「近來作者皆不及少游。如『斜陽外，寒鴉數點，流水遶孤村，』雖不識字人亦知是天生好言語。」

蔡絛說：「子瞻辭勝乎情，耆卿情勝乎辭，辭情相稱者唯少游而已。」

張綖說：「少游多婉約，子瞻多豪放，當以婉約爲主。」

彭孫遹說：「詞家每以秦七（觀）黃九（庭堅）並稱，其實黃不及秦遠甚。……雖齊名於一時，而優劣自不可掩。」

樓儼說：「淮海詞風骨自高，如紅梅作花，能以韻勝，覺清眞亦無此氣味也。」

以上的批評自未必皆確。平心而論，秦觀詞「辭情相稱」，淸韻欲流；雖乏富貴態，非不妍麗；雖氣格不高，然風調綽約，含意淒婉。其在詞史上的地位，縱不能駕乎李後主、蘇軾諸大詞人之上，然其確爲第一流的詞家，自無疑義。

第十八章　歌詞的革命者蘇軾

北宋詞至蘇軾，乃入於第三期的發展。

蘇軾字子瞻，號東坡居士，眉州眉山人。生於仁宗景祐三年（一〇三六）。與父洵，弟轍，並有聲於世，時號三蘇。嘉祐初，試禮部第一，歷官翰林學士。紹聖初，坐訕謗，安置惠州，徙昌化。徽宗立，赦還提舉玉局觀。建中靖國元年（一一〇一）卒於常州。高宗卽位，贈太師，諡文忠。他是歷史上負盛名的文學家，生平詳見宋史本傳（卷三三八，）這裏不詳叙。他的著述甚富，詞傳東坡樂府三卷。

就詞之史的發展說，詞風至蘇軾而大變，詞體至蘇軾而得大解放。

請先言詞風之變。

自詞的起源至柳永，中經二百餘年，詞的風格雖有小變，但大體是一致的。這二百餘年的詞壇只有「詞爲艷科」的觀念，只有「詞以婉約爲宗」的觀念。詞人作詞，只是寫的男女之情，旖旎之態。雖李後主有哀思之作，然詞風亦止於淒婉綽約。雖柳永展拓小令爲慢詞，而所抒寫的內容亦無非閨情相思一類。因爲詞的題材限於描寫情愛一科，故兩百多年來的詞都不需要什麼題目，都是無題的情詞。至歐陽修時始有題詠之作，然仍舊是淸切婉麗，不失五代風格。至蘇軾詞風始一大變，所作詞輒豪放悲壯，蒼涼飄逸。胡寅說：

詞曲至東坡，一洗綺羅香澤之態，擺脫綢繆宛轉之度，使人登高望遠，舉首高歌，逸懷浩氣超乎塵垢之外。於是花間爲皁隸，而耆卿爲輿台矣。

蘇軾以前二百多年的詞都是病態的，溫柔的，女性的詞；直到蘇軾起來，始創爲健康的，壯美的，男性的詞。這般新穎的詞風，當世詞人沒有看慣，自不免訕笑他，視其詞爲「別派，」謂其「雖極天下之工，要非本色」。其實蘇軾的詞，才是最自然的本色詞。吹劍續錄說：

東坡在玉堂日，有幕士善歌，因問「我詞比柳耆卿何如？」對曰：「柳郎中詞只好十七八女孩兒，按執紅牙拍，歌『楊柳岸曉風殘月；』學士詞，須關西大漢，執鐵綽板，唱『大江東去。』」公爲之絕倒。

柳永他們喜歡模仿嬌聲，代寫閨情，總不免矯揉造作，失却自然；倒不如蘇軾詞，蓬頭赤足，天然本色。他作詞絕沒有題材的限制，要寫什麼就寫什麼，無思不達，無情不抒。故東坡詞裏面，大都有題，蓋其描寫不限於言情也。他的詞方面最多，而每篇皆寓有作者的個性在，即可見其詞風乃是作者具有強烈的生命力凝成的，自不是一種因襲的綺艷詞風所能範圍他，可以說，蘇軾之創爲新作風，是作者個性的解放。以前作者的個性都是在花間集中埋沒了的，故二百多年的詞風不起什麼大變化。

蘇軾對於詞壇的貢獻，不僅是解放了作者的個性，創造詞的新風格；他並且給予詞體的大解放，使詞體離開樂歌的範圍，成爲純粹的文學之一體。

詞本是歌詞，歌詞必須協樂，故聲律甚嚴。但這種嚴格的聲律往往使創作不能自由，往往因顧及聲律而削剝了詞人的情感意境。若作詞只以應歌，自可不顧及情感意境之完美；若以詞爲文學之一體，則不能只顧聲律。詞雖起源於樂歌，但早已離開音樂的立場，而獨立爲文學之一體了；只是，束縛詞的聲律還仍舊的保存着，爲詞人作詞的障礙。蘇軾是第一個用力來打破束縛詞的無謂的聲律的人，他大刀闊斧的作詞，盡量的發抒自己的情感意境，絕不求聲律的適合與否。他非不懂聲律，他的詞「橫放傑出，自是曲子中縛不住者。」（黃庭堅語）陸游也說：

世言東坡不能歌，故所作樂府詞多不協。晁以道謂紹聖初與東坡別於汴上，東坡酒酣自歌古陽關。則公非不能歌，但豪放不喜裁剪以就聲律耳。

聲律之解放，使詞體脫離樂府方面的羈絆，到純粹的文學田園裏來。以前詞只是樂歌，現在詞完全是文學的一體，不要協樂了；從前作詞的限制很嚴，現在詞人可以拿作詩的題材與方法來作詞了，詞體的束縛解除很多了。

蘇軾眞是詞壇的一員革命健將，他舉以前詞體的限制與風氣，一掃而空之。本來狹隘的詞體，經蘇軾的開闢而範圍遂開拓無窮；在詞裏面可以抒情，可以說理，可以談佛法，可以寫滑稽，……其體用之廣，一如詩歌。這是詞的大解放，這是詞史上的新紀元。

○　○　○　○

往下講蘇軾的詞。

蘇軾詞的造詣是多方面的，他無所不寫，無寫不佳。特別是他的豪放之作，在北宋當首屈一指。且舉數首爲例：

念奴嬌（赤壁懷古）

大江東去，浪淘盡千古風流人物。故壘西邊，人道是三國周郎赤壁。亂石崩雲，驚濤裂岸，捲起千堆雪。江山如畫，一時多少豪傑。　遙想公瑾當年，小喬初嫁了，雄姿英發。羽扇綸巾，談笑間，強虜灰飛煙滅。故國神遊，多情應笑我早生華髮。

人生如夢，一尊還酹江月。

陽關曲（贈張繼愿）

受降城下紫髯郎，戲馬台南舊戰場。恨君不取契丹首，金甲牙旗歸故鄉。

水調歌頭（丙辰中秋，歡飲達旦，大醉，作此篇，兼懷子由。）

明月幾時有？把酒問青天。不知天上宮闕，今夕是何年。我欲乘風歸去，又恐瓊樓玉宇，高處不勝寒。起舞弄清影，何似在人間？　轉朱閣，低綺戶，照無眠。不應有恨，何事長向別時圓？人有悲歡離合，月有陰晴圓缺，此事古難全。但願人長久，千里共嬋娟！

蘇軾詞自多「橫放傑出」者，但若因此別之爲「豪放派」，以爲他的詞只合給執鐵綽板的關西大漢唱；或竟說他不能作情語，則大錯了。我們應知蘇軾乃是一位風流不拘的文人，並不是道學先生。他最喜歡和女孩子們接近。也許他寫不出柳永那樣露骨的情語，然他的情詞却另有風趣。例如：

蝶戀花

花褪殘紅青杏小，燕子飛時，綠水人家繞。枝上柳綿吹又少，天涯何處無芳草？

牆裏鞦韆牆外道，牆外行人，牆裏佳人笑。笑漸不聞聲漸悄，多情卻被無情惱！

浣溪沙

道字嬌訛語未成，未應春閣夢多情，朝來何事綠鬟傾？　綵索身輕長趁燕，紅窗睡重不聞鶯　困人天氣近清明。

王士禛說：「『枝上柳綿，』恐屯田緣情綺靡，未必能過。孰謂坡但解作『大江東去』耶？」賀裳說：「子瞻有銅喉鉄板之譏，然浣溪沙『綵索身輕長趁燕，紅窗睡重不聞鶯』，如此風調，令十七八女郎歌之，豈在『曉風殘月』之下？」（詞筌）可知他的小詞也未嘗沒有艷語，不過這類的作品較少耳。

他的詞有描寫田園而作風古樸的，如：

浣溪沙

麻葉層層檾葉光，誰家煮繭一村香，隔籬嬌語絡絲娘。　垂白杖藜抬醉眼，捋青擣麨軟飢腸，問言豆葉幾時黃？

又

簌簌衣巾落棗花，村南村北響繰車，牛衣古柳賣黃瓜。　酒困路長惟欲睡，日高人渴漫思茶，敲門試問野人家。

他的詞也有寫山川風景而作風瀟灑閑散的：

南歌子（湖州作）

山雨蕭蕭過，溪風瀏瀏清。小園幽榭枕蘋汀，門外月華如水，綵舟橫。 苕岸霜花盡，江湖雪陣平。兩山遙指海門青。回首水雲何處覓孤城？

定風波（三月七日沙湖道中遇雨，雨具先去，同行皆狼狽，余獨不覺。已而遂晴，故作此。）

莫聽穿林打葉聲，何妨吟嘯且徐行。竹杖芒鞵輕勝馬，誰怕？一蓑煙雨任平生。料峭春風吹酒醒，微冷。山頭斜月却相迎。回首向來蕭瑟處，歸去，也無風雨也無情。

他的詞也有詠物而作風纏綿悱惻的，如水龍吟（次韻章質夫楊花詞）

似花還似非花，也無人惜從教墜。拋家傍路，思量却是，無情有思。縈損柔腸，困酣嬌眼，欲開還閉。夢隨風萬里，尋郎去處，又還被鶯呼起。 不恨此花飛盡，恨西園落紅難綴。曉來雨過，遺蹤何在？一池萍碎，春色三分：二分塵土，一分流水。細看來，不是楊花，點點是離人淚！

他的詞也有寫情懷而作風幽逸的，如洞仙歌：

（余七歲時，見眉山老尼，姓朱，忘其名，年九十歲。自言嘗隨其師入蜀主孟昶宮中。一日大熱，蜀主與花蕊夫人夜納涼摩訶池上，作一詞。朱具能記之。今四十年，朱已死久矣，人無知此詞者。但記其首兩句。暇日尋味，豈洞仙歌乎？乃爲足之。）

冰肌玉骨，自清涼無汗。水殿風來暗香滿。繡簾開，一點明月窺人；人未寢，欹枕釵橫鬢亂。　起來攜素手，庭戶無聲，時見疎星渡河漢。試問夜如何？夜已三更，金波淡，玉繩低轉。屈指西風幾時來，又不道流年暗中偸換。

卜算子（黃州定慧院寓居作）

缺月挂疏桐，漏斷人初靜。時見幽人獨往來，縹緲孤鴻影。　驚起却回頭，有恨無人省。揀盡寒枝不肯棲，寂寞沙洲冷！

黃庭堅稱這首卜算子詞：「語意高妙，似非喫烟火食人語。」

蘇軾本是文學史上的怪傑，他的天才特大，憑他那枝生花妙筆，無施而不可。故其詞的造詣既高且廣。我們讀其他詞人的作集，往往刪選相半；獨蘇軾的作集中，沒有一首詞不是有氣力的，沒有一首詞不是水平線上的作品。他的長詞和小詞都寫得好；他的作風不偏于一面，而兼具衆美。張炎云：「東坡詞清麗舒徐處，高出人表，周秦諸人所不能到。」樓儼云：「東坡老人故自靈氣仙才，所作小詞，衝口而出，無窮清新，不獨寓以詩人句法，能一洗綺羅香澤之態也。」此二段批評，都非過譽，蘇軾實天生之絕代詞人也。

第十九章　黃庭堅

黃庭堅字魯直，分寧人。自號山谷老人，又號涪翁。生于慶曆五年（一〇四五）。治平四年登進士第，爲葉縣尉，除北京國子監教授。元祐初，召爲校書郎，神宗實錄檢討官；累祕書丞，國史編修官。後坐修神宗實錄失實，貶涪州別駕，安置黔州。建中靖國初，召還知太平州。復爲文字所累，又除名，編管宜州。卒于崇寧四年（一一〇五）。

庭堅與秦觀、張耒、晁補之同爲蘇門四學士，而以庭堅文名最著。他的詩爲「江西派」的開山大師，影響後世甚鉅。其詞與秦觀齊名，世稱「秦七黃九」。陳師道說：「今代詞手，惟秦七黃九耳，餘人不逮也。」他的詞風豪放不拘，接近蘇軾一派。作詞亦不喜剪裁以就聲律，故晁補之嘲笑他說：「黃魯直小詞固高妙，然不是當行家語，乃著腔子唱好詩也。」他的一首念奴嬌，時人以爲可繼蘇軾的「大江東去」。其水調歌頭一詞尤佳：

瑤草一何碧。春入武陵溪，溪上桃花無數，枝上有黃鸝。我欲穿花尋路，直入白雲深處，浩氣展虹霓。祇恐花深裏，紅露溼人衣。　坐玉石，倚玉枕，拂金徽。謫仙何處？無人伴我白螺杯。我爲靈芝仙草，不爲朱唇丹臉，長嘯亦何爲？醉舞下山去，明月逐人歸。

庭堅的詞有兩種境界：一種是豪放高曠，類似蘇軾，如念奴嬌、水調歌頭諸詞；一種是風流旖旎，類似柳永。我們讀了作者這兩種風調絕不相同的詞，幾疑出自二人手筆。

沁園春

把我身心，爲伊煩惱，算天便知。恨一回相見，百回做計；未能偎倚，早覓東西。鏡裏拈花，水中捉月，覷着無由得近伊。添憔悴，鎮花銷翠減，玉瘦香肌。奴兒又有行期。你去即無妨，我共誰？向眼前常見，心猶未足；怎生禁得，眞個分離？地角天涯，我隨君去，掘井爲盟無改移！君須是，做些兒相度，莫待臨時。

少年心

對景惹起愁悶，染相思，病成方寸。是阿誰先有意？阿誰薄倖？斗頓恁少喜多嗔！合下休傳音問，你有我，我無你分。似合歡桃核，眞堪人恨：心裏有兩個人人！

庭堅自云：「余少時間作樂府，以使酒玩世。道人法秀獨罪余以筆墨勸淫，于我法中，當下犂舌之獄。」當時其他的詞人也不滿意他這種詞。但庭堅的詞實以這類爲最工。在兩宋中只有他和柳永才有這樣露骨的情語，才大胆的抒寫愛慾。所不同者，柳詞能作曼歌，黃庭堅則只是寫情詩耳。

論者多不滿意庭堅詞的「俚俗」。他的好朋友陳師道卽直謂其「時出俚淺，可稱傖父」。其實庭堅也有風雅婉約的詞，並非純作俚語也。

清平樂

春歸何處？寂寞無行路。若有人知春去處，喚取歸來同住。　春無蹤跡誰知？除非問取黃鸝。百囀無人能解，因風吹過薔薇。

踏莎行

臨水天桃，倚牆繁李，長楊風掉青驄尾。尊中有酒且酬春，更尋何處無愁地。
明日重來，落花如綺。芭蕉漸展山公啓。欲牋心事寄天公，教人長對花前醉。

浣溪沙

新婦灘頭眉黛愁，女兒浦口眼波秋，驚魚錯認月沈鈎。　青箬笠前無限事，綠蓑衣底一時休，斜風細雨轉船頭。

這三首詞皆清新婉麗。庭堅尤自賞浣溪沙一詞，自言「以水光山色，替却玉肌花貌，此乃眞春未透，花枝瘦，正是愁時候」，謂爲「峭健」非秦觀所能作。

老實說，庭堅的詞，我們並不嫌其俚俗不雅，而嫌其過于喜歡使用古典，賣弄小巧。如他的瑞鶴仙，全櫽括歐陽修的醉翁亭記，毫無意義；卽其最自負的浣溪沙，亦皆綴拾古人的詞句，自以爲巧耳。至於西江月的「斷送一生惟有，破除萬事無過，」二句下面各損一「酒」字，以爲對仗之工，實亦無味；兩同心的「你共人女邊着子，爭知我門裏挑心，」卽是「好悶」二字之謎語，尤屬無聊之句，而作者反覆引用之。這實不能不說是他的詞的小缺點。但若就大處立論，則黃庭堅固是北宋詞壇一優秀的作家也。

第二十章　元祐前後的詞人

宋哲宗元祐前後（十一世紀下半期），詞人蔚起，最盛者爲蘇門詞人與江西詞人。

蘇門自三蘇並負時譽，文人輒慕名而歸之。尤以蘇軾天才特出，士林景仰，爲當時文壇的中心人物，故蘇門文人特多。最著者有「四學士」，「六君子」等稱。其擅長于詞者，除秦觀黃庭堅已專章介紹外，尚有晁補之、張耒、陳師道、李之儀、毛滂、程垓、趙令畤、晁冲之諸人。

晁補之字无咎，鉅野人。生于仁宗皇祐五年（一〇五三）。年十七，從父端友宰杭州之新城。著七述，受知于蘇軾。舉進士，試開封及禮部別院皆第一。元祐初，除祕書省正字，通判揚州，召還爲著作郎。紹聖末，坐黨籍徙湖州、密州、果州。主管鴻慶宮。大觀末，起知泗州，尋卒于泗州官舍。（一一一〇）著有鷄肋集七十卷，詞不入集，有琴外趣篇六卷。宋史文苑傳稱補之才氣飄逸，嗜學不倦，文章溫潤奇卓，出于天成。他爲人不着重功名，自悔「儒冠曾把身誤」，常歎「人生難得長好是朱顏」。他還家葺歸來園，自號歸來子，又號濟北詞人。其詞境界高曠處頗接近蘇軾，例如：

臨江仙（信州作）

謫宦江城無屋買，殘僧野寺相依。松間藥臼竹間衣。水窮行到處，雲起坐看時。

一個幽禽緣底事，苦來醉耳邊啼。月斜西院聲愈悲！青山無限好，猶道不如歸。

浣溪沙

江上秋風高怒號，江聲不斷雁嗷嗷，別魂迢遞爲君銷！　一夜不眠孤客耳，耳邊愁聽雨蕭蕭，碧紗窗外有芭蕉。

生查子（夏日即事）

永日向人妍，百合忘幽草。午枕夢初回，遠柳蟬聲杳。　蘚井出冰泉，洗瀹煩襟了。却挂小簾鈎，一縷爐烟裊。

補之亦作艷語，如驀山溪的「香箋小字，寫了千千個」，生查子的「一水隔紅牆，有恨無由語」，江城子、青玉案之詠娉娉，勝勝慢、點絳唇之詠榮奴，及詠閻麗、璨奴等詞，皆饒有情韻。毛晉跋其詞集云：「无咎雖游戲小詞，不作綺艷語。」實非確論也。

張耒字文潛，楚州淮陰人。第進士。元祐初，仕至起居舍人。以直龍圖閣知潤州。徽宗召爲太常少卿。坐元祐黨貶房州別駕，安置黃州。晚監南嶽廟，主管崇福宮。（一〇五二——一一一二）建炎初，贈集英殿修撰。有宛丘集。其傳詞甚少。

風流子

亭皋木葉下，重陽近，又是擣衣秋。奈愁入庾腸，老侵潘鬢，謾簪黃花，花也應羞。楚天晚，白蘋烟盡處，紅蓼水邊頭。芳草有情，夕陽無語，雁橫南浦，人倚西樓。　玉容知安否？紅箋共錦字，兩處悠悠。空恨碧雲離合，青鳥沉浮。向風前懊惱。芳心一點，寸眉兩葉，禁甚閑愁？情到不堪言處，分付東流！

少年遊

含羞倚醉不成歌，纖手掩香羅。偎花映竹，偸傳深意，酒思入橫波。　看朱成碧心迷亂，翻脉脉斂雙蛾。相見時稀隔別多，又春盡，奈愁何！

張耒雖屬蘇門，其詞風則顯然接近柳永。他作的詞雖不多，沒有一首寫得不好。其在詞壇的地位並不在元祐諸詞人之下。

陳師道字履常，一字無已，彭城人。號后山居士。元祐中，以蘇軾薦，授徐州教授。遷太學博士，終祕書省正字。以寒疾卒（一〇五三——一一〇一）。詞集有后山長短句二卷。師道于詞很自矜許，嘗謂：「他文未能及人，獨于詞不減秦七、黄九。」但他的詞實不及秦黄。茲舉其較佳者幾首爲例：

清平樂

藏藏摸摸，好事爭如莫。背後尋思渾是錯，猛與將來放著。吹花卷絮無蹤，晚妝知爲誰紅？夢斷陽台雲雨，世間不要東風。

減字木蘭花（晁无咎出小鬟佐飲）

娉娉嫋嫋，芍藥枝頭紅樣小。舞袖低迴，心到郞邊客已知。金樽玉酒，勸我花前千萬壽。莫莫休休，白髮簪花我自羞。

陸游說：「陳无已詩妙天下，以其餘作詞，宜其工矣，顧乃不然，殆未易曉也。」

李之儀字端叔，滄洲無棣人。元豐中舉進士。元祐初，爲樞密院編修官。從蘇軾于定州幕府。徽宗朝，提舉河東常平。坐草范純仁遺表，編管太平州。居姑熟甚久，後徙唐州，終朝請大夫。之儀自號姑熟居士，以工尺牘著稱于世。其詞在當時不甚有名，故黄昇編唐宋諸賢絕妙詞選也遺漏了他的作品。今傳姑熟詞一卷，小詞有極佳者。紀昀稱其「小令尤淸婉峭

雋，殆不減秦觀」。（四庫提要）

如夢令

回首蕪城舊苑，還是翠深紅淺。春意已無多，斜日滿簾飛燕。不見，不見，門掩落花庭院。

卜算子

我住長江頭，君住長江尾。日日思君不見君，共飲長江水。　此水幾時休？此恨何時已？只願君心似我心，定不負相思意。

毛晉極賞識之儀的詞，他說：「姑熟詞多次韻，小令更長于淡語、景語、情語，如『鴛衾半擁空牀月』；又如『步孄恰尋牀，臥看遊絲到地長』；又如『時時浸手心頭熨，受盡無人知處涼』，卽置之片玉、漱玉集中，莫能伯仲。至若『我住長江頭……』，直是古樂府俊語矣。」毛氏之言雖未必盡當，然李之儀在北宋實是一位可珍貴的詞人，則無待贅言的。惜其佳作太少耳。

毛滂字澤民，衢州江山人。嘗知武康縣，又知秀州。著東堂詞。以詩文樂府受知于蘇軾。相傳元祐中，軾守杭州時，滂爲法曹掾，嘗眷一妓名瓊芳者。秩滿辭去，作留別詞惜分飛以贈妓：

淚溼闌干花着露，愁到眉峯碧聚。此恨平分取，更無言語空相覷。　斷雨殘雲無意緒，寂寞朝朝暮暮。今夜山深處，斷魂分付潮回去。

適是夕蘇軾宴客，妓歌此詞。軾問誰作，妓以毛法曹對。軾語坐客說：「郡寮有詞人不及知，某之罪也。」翌日折柬追還，留連數月，滂因此得名。陳質齋說：「滂他詞雖工，未有能及此者。」此言亦非確，滂之小詞佳製甚多：

相見歡（秋思）

十年湖海扁舟，幾多愁？白髮青燈今夜，不宜秋。　中庭樹，空階雨，思悠悠寂寞一生心事五更頭！

浣溪沙（泛舟還餘英館）

烟柳風蒲冉冉斜，小窗不用著簾遮，載將山影轉灣沙。　略彴斷時分岸色，蜻蜓立處過汀花，此情此水共天涯。

滂爲人雖非端士，而擅才華。其詞語意無窮，情韻特勝，實元祐詞人中之健者。

程垓字正伯，眉山人。爲蘇軾中表。家有擬舫名書舟，故詞號書舟詞。楊愼詞品盛稱其酷相思、四代好、折紅英數詞，今舉酷相思一首爲例：

月掛霜林寒欲墜，正門外催人起。奈離別如今眞個是。欲住也留無計，欲去也來無計。　馬上離情衣上淚，各自個供憔悴。問江路梅花開也未？春到也須頻寄，人到也須頻寄。

長虹，不奈斜陽暮」；如「只有詩狂消不盡，夜來題破窗花影」，皆是有氣力的作品，接近垓詞頗具豪放之致，如「劍在床頭書在几，未甘分付黃花淚」；如「憂國丹心曾獨許，縱吐蘇軾的詞風。紀昀四庫提要云：「蘇程爲中表，耳濡目染，有自來也。」

趙令畤字德麟，燕懿王玄孫。元祐中簽書潁州公事。坐與蘇軾交通，罰金入黨籍。後襲封安定郡王。尋遷寧遠軍承宣使，同知行在大宗正事。卒贈開府，儀同三司。著侯鯖錄，采錄故事詩話甚精贍。詞有聊復集。相傳令畤鰥居時，因見王氏女子有「白蓮作花風已秋，不堪殘睡更回頭。晚雲帶雨歸飛急，去作西窗一夜愁」一詩，因與爲姻。時人以爲二十八字媒云。其所作詞圓潤輕豔，風致絕佳，例云：

蝶戀花

欲減羅衣寒未去，不卷珠簾，人在深深處。殘杏枝頭花幾許，啼紅止恨淸明雨。

盡日水沉香一縷，宿酒醒遲，惱破春情緒。飛燕又將歸信誤，小屏風上西江路。

烏夜啼

樓上縈簾弱絮，牆頭礙月低花。年年春事關心事，腸斷欲棲鴉。　舞鏡鸞衾翠減，啼珠鳳蠟紅斜，重門不鎖相思夢，隨意繞天涯。

晁冲之字叔用，一字川道，鉅野人。補之之兄弟也。舉進士。紹聖初，以黨論被逐，隱居茨山下。有具茨集一卷。詞如臨江仙：

憶昔西池池上飲，年年多少歡娛。別來不寄一行書。尋常相見了，猶道不如初。　安穩錦屏今夜夢，月明好渡江湖。相思休問定何如。情知春去後，管得落花無。

冲之詞明淨而有情致，亦屬元祐中一作手。

此外的作家如李廌、朱服、王詵、蘇過等，皆屬蘇門詞人，其介紹均見本編末章北宋詞人補誌，這裏不贅。

○　○　○　○

江西自晏殊、歐陽修、王安石、晏幾道等相繼作詞，詞壇遂盛，最著者爲謝逸、趙長卿諸人。

謝逸字無逸，自號溪堂，臨川人。第進士。他生平未嘗做官，閑居多從衲子遊，以詩文自遣，不喜對書生。嘗作蝴蝶詩三百首，人號謝蝴蝶。有溪堂詞。其詞之最有名者當推江神子詞：

杏花村館酒旗風，水溶溶，颺殘紅。野渡舟橫，楊柳綠陰濃。望斷江南山色遠，人不見，草連空。夕陽樓外晚烟籠，粉香融，淡眉峯。記得年時，相見畫屏中。只有關山今夜月，千里外，素光同。

相傳謝逸嘗過黃州杏花村館，題江神子于驛壁，過者索筆于館卒。卒苦之，因以泥塗焉。其詞爲當時所賞重如此。

虞美人

碧梧翠竹交加影，角簟紗幮冷。疏雲淡月媚橫塘，一陣荷花風起入簾香。　雁橫天末無消息，水闊吳山碧。刺桐花上蝶翩翩，惟有夜涼淸夢到郎邊。

柳梢青

香肩輕拍，樽前忍聽一聲將息。昨夜濃歡，今朝別酒，明日行客。　後回來則須來，便去也如何去得？無限離情，無窮江水，無邊山色。

作者的小詞，皆輕倩可人，譽之者謂當在晁補之，張耒之上。

趙長卿自號仙源居士，宋之宗室。寓居江西南豐。他的生平事蹟不詳。據毛晉稱其「不棲志繁華，獨安心風雅」，大約是一位布衣詞人。著惜香樂府十卷，多淡遠蕭疏之致。

畫堂春（長新亭小飲）

小亭煙柳水溶溶，野花白白紅紅。惱人池上晚來風，吹損春容。又是清明天氣，記當年小院相逢。憑欄幽思幾千重，殘杏香中。

更漏子

燭消紅，窗送白，冷落一衾寒色。鴉喚起，馬跐行，月來衣上明。酒香唇，妝印臂，憶共個人人睡。魂蝶亂，夢鸞孤，知他睡也無？

長卿作品甚豐富，喜歡用白話寫詞，多言情之作。他的小詞佳製甚多，在北宋詞壇不失爲一重要作者。

謝趙二氏以外，如王安國、王安禮、王雱、孔武仲、孔平仲、謝邁、王寀、劉弇、徐俯等，皆江西人而有詞著稱于世者。

○ ○ ○ ○

元祐時期詞人，不屬蘇門與江西而負盛名者，有賀鑄、王觀、周紫芝、葛勝仲、陳克諸人。茲爲分敘如下：

賀鑄字方回，衞州人。孝惠皇后族孫，娶宗女，授右班殿直。元祐中，通判泗州，又倅太平州。退居吳下，自號慶湖遺老（一〇六三——一一二〇）。陸游老學菴筆記說他：「狀貌奇陋，俗謂之賀鬼頭。其詩文皆高，不獨工長短句也。」詞有東山寓聲樂府三卷。

鑄詞望甚高，其青玉案一詞最著稱于世：

凌波不過橫塘路，但目送芳塵去。錦瑟年華誰與度？月台花榭，綺窗朱戶，惟有春知處。　碧雲冉冉衡皐暮，綵筆空題斷腸句。試問閑愁都幾許？一川煙草，滿城風絮，梅子黃時雨。

鑄作此詞，傳誦一時，士大夫皆服其「梅子黃時雨」句之工，稱之爲賀梅子。黃庭堅亦有詩云：「解道當年斷腸句，而今只有賀方回。」其爲時輩推重如此。他的慢詞如薄倖、六州歌頭都寫得很好，小令亦多雋品。但如張耒的批評說：「方回樂府，妙絕一世，盛麗如遊金張之堂，妖冶如攬嬙施之袪，幽索如屈宋，悲壯如蘇李，」則未免誇張過分了。

王觀字通叟，高郵人。（一作如皐人）嘉祐二年（一〇五七）進士，官翰林學士。賦應制詞，宣仁太后以其近褻譎之。自號逐客。（一云觀官至大理寺丞，知江都縣事）有冠柳詞。其踏青詞慶清朝慢最有名：

調雨爲酥，催冰做水，東君分付春還。何人便將輕煖，點破殘寒？結伴踏青去好，平頭鞋子小雙鸞。煙郊外，望中秀色，如有無間。　晴則個，陰則個，餖飣得天氣，有許多般。須教撩花撥柳，爭要先看。不道吳綾繡襪，香泥斜沁幾行斑。東風巧，盡收翠綠，吹上眉山。

論者多給這首詞以美譽，黃昇且說：「世謂柳耆卿工爲浮艷之詞，方之此作，蔑矣。詞名冠柳，豈偶然哉。」作者的小詞亦甚工麗：

生查子

關山魂夢長，塞雁音書少。兩鬢可憐青，一夜相思老。　歸傍碧紗窗，說與人人道：眞個別離難，不似相逢好。

卜算子（送鮑浩然之湘東）

水是眼波橫，山是眉峯聚。欲問行人去那邊？眉眼盈盈處。　送春歸，又送君歸去。若到江南趕上春，千萬和春住。

觀詞善于描繪而富有情思，接近柳派。其詞之佳者，亦不減柳永。至云冠柳，則係狂言。王觀蓋恃才而放誕之詞人也。

周紫芝字少隱，宣城人。舉進士，爲樞密院編修，右司員外郎，出知興國軍。晚居廬山。紫芝少時曾從張耒、李之儀學詩，其詞則受晏幾道的影響甚深。（自云「余少時酷喜小晏詞。」）紀昀四庫提要上說：「紫芝塡詞，本從晏幾道入，晚乃刊除穠麗，自成一格。」有竹坡詞。

清平樂

烟鬟斂翠，柳下門初閉。門外一川風細細，沙上瞑禽飛起。　今宵水畔樓邊，風光宛似當年。月到舊時明處，共誰同倚欄干？

蝶戀花

天意才晴風又雨，催得風前，日日吹輕絮。燕子不飛鶯不語，滿庭芳草空無數。

春去可堪人也去？枝上殘紅，不忍擡頭覷。假如留春春肯住，喚誰相伴春同處？

醉落魄

江天雲薄，江頭雪似楊花落。寒燈不管人離索，照得人來，眞個睡不着。　歸期已負梅花約，又還春動空飄泊。曉寒誰看伊梳掠。雪滿西樓，人在欄干角。

孫兢稱紫芝的詞「淸麗婉曲，非苦心刻意爲之」。（竹坡詞序）其小詞佳製極多，如鷓鴣天的「梧桐葉上三更雨，葉葉聲聲是別離」；生查子的「不忍上西樓，怕看來時路」，皆傳誦人口的雋妙語。其長調則略較遜色。

葛勝仲字魯卿，丹陽人。紹聖四年進士，元符三年中宏詞科。累遷國子司業，終文華閣待制，知湖州。卒謚文康（一〇七二——一一四四）。有丹陽詞。其點絳唇（縣齋夜坐）一詞最佳：

秋晚寒齋，藜牀香篆橫輕霧。閑愁幾許？夢逐芭蕉雨。　雲外哀鴻，似替幽人語。歸不去，亂山無數，斜日荒城鼓。

勝仲詞境甚高，而短于才，故佳構絕少。他的蔦山溪二詞雖爲世所稱道，實亦不佳。

陳克字子高，臨海人。僑居金陵，自號赤城居士。元豐間，以呂安老薦入幕府，得官。紹興中爲敕令所删定官。他的詩很受人稱讚，詞尤工。有赤城詞一卷。作品雖不多，每一首都是值得我們玩味的。例如：

謁金門

春寂寂，綠暗溪南溪北。溪水沈沈天一色，鳥飛春樹黑。　腸斷，小樓吹笛。醉裏看朱成碧。愁滿眼前遮不得，可憐雙鬢白！

菩薩蠻

綠蕪牆繞青苔院，中庭日淡芭蕉捲。蝴蝶上堦飛，風簾自在垂。　玉鈎雙語燕，寶甃楊花轉。幾處簸錢聲，綠窗春夢輕。

陳質齋批評他的詞說：「子高詞格頗高麗，晏（幾道）周（邦彥）之流亞也。」元祐前後的詞家，止于上述。其餘同時詞人之應加敍錄者，悉詳補誌一章。往下我們接着要講徽宗時代詞壇的新發展，那又是一個時期的新詞風展衍在我們的面前了。

第二十一章　樂府詞的復興與周邦彥

詞至晏殊、歐陽修已有不協律之病，迨蘇軾、黃庭堅等起來大刀闊斧地以詩爲詞，不依照嚴格的詞律塡詞，把詞的音樂性全剝削了。詞與樂府的關係便爾分離。於是詞只是純文藝的一體，只有文藝方面的意義，而失却樂府方面的作用了。元祐前後的詞人所作的詞，不甚協律的塡詞居多。直至北宋末年，詞與樂府才再結合起來，因以造成樂府詞的復興，使北宋詞衍爲第四個時期的發展。

樂府詞的能夠復興，不能不推宋徽宗之力。徽宗本是一位多才的藝人，他自己懂得音律，于崇寧四年頒大晟樂，創設一個規模甚備的大晟府。召周邦彥提舉大晟府，晁端禮爲大晟府協律，万俟雅言爲大晟府製撰。都是些精通音律的詞人。他們作詞的第一義是要協樂，故下字用韻，皆有嚴密的法度；他們作詞的努力，是要把意境情感之美，在嚴格的詞律的限制中表現出來。就是說，他們的作詞，一定要是樂府詞。否則，詞不協律，只能算是詩。這是第四期詞人與第三期詞人作詞的態度根本不同的一點。自徽宗頒新樂以後，許多詞家都在樂府詞方面竭力貢獻他們的聰明技能，造成詞壇的新風氣。詞本是起于樂歌，經過蘇軾等以詩爲詞，把詞的聲律定格大破壞之後；現在，到了北宋末年，詞又回到樂府裏來了。故我們命之爲樂府詞的復興期。

○　○　○　○

在這時期的詞人中，對于樂府詞最致力，貢獻最大的，要推周邦彥。

邦彥字美成，自號淸眞，錢塘人。生于仁宗嘉祐五年（一〇六〇），卒于徽宗宣和七年（一一二五）。（王國維所作淸眞先生遺事說他的生卒是一〇五七——一一二一）少年時，疎儁少檢，不爲州里所重。元豐初，以太學生獻汴都賦萬餘言，召爲太學正。後出爲廬州教授，知溧水縣。哲宗晚年，召還爲祕書省正字。徽宗初，設議禮局，以邦彥兼檢討，出知隆德府，徙知明州。崇寧四年，𣩵大晟樂，召邦彥入爲祕書監，進徽猷閣待制，提舉大晟府。晚知順州，徙處州卒。

邦彥是精通聲律的詞人，宋史文苑傳稱他：「好音樂，能自度曲；製樂府長短句，詞韻淸蔚，傳于世。」他的詞，法度極嚴。他對于詞壇最大的貢獻，就是訂定詞調的嚴密法度，給後人以塡詞的定律。

在周邦彥以前，柳永本是個精通聲律的大詞人。但柳永作詞，所用的詞調並無定體，字句長短不齊。如同是輪台子調的詞，有相差至二十七字者；如傾杯一調，竟有七體之多。蓋柳永的詞是協合民間隨地流行的樂曲，故調無定矩。至周邦彥則爲政府法定的樂官，製律自官嚴整。故邦彥所作的詞，無論是塡的舊調或自創的新聲，調體皆有定型；所用字句聲韻，均有一定的法度。後人塡詞，都以他的詞爲規矩，都遵奉他的詞爲金科玉律。南宋的詞人方千里、楊澤安，竟全和其詞。至姜夔以後，則作詞者只知取法邦彥，他簡直成爲詞壇的聖主了。沈義父樂府指迷說：「作詞當以淸眞爲主，下字運意皆有法度。」陳郁藏一話腴說他：「二百年來以樂府獨步。貴人，學士，市儈，妓女，皆知其詞爲可愛。」這都可以看出邦彥詞對于當代及後世影響之大，權威之高。

還是不足怪異的，一個音樂家兼爲詞人，本是容易著名。因爲樂曲是能夠在社會裏普遍一點流行的，歌詞便跟着樂曲的流行而寶貴了。我們看古人的作品以能歌唱而流行一時的極多。柳永與周邦彥的詞都是以協樂能歌而傳誦一時的。但周詞不如柳詞的「俚俗可喜」。今舉其最著的數詞爲例：

蘭陵王（詠柳）

柳陰直，煙裏絲絲弄碧。隋堤上，曾見幾番拂水飄綿送行色、登臨望故國，誰識京華倦客？長亭路，年去年來，應折柔條過千尺。　閑尋舊蹤跡，又酒趁哀絃，燈照離席。梨花榆火催寒食，愁一箭風快，半篙波暖，回頭迢遞便數驛，望人在天北。　悽惻！恨堆積。漸別浦縈迴，津堠岑寂，斜陽冉冉春無極。念月榭攜手，露橋聞笛。沈思往事，似夢裏，淚暗滴！

六醜（薔薇謝後作）

正單衣試酒，悵客裏光陰虛擲。願春暫留；春歸如過翼，一去無跡。爲問花何在？夜來風雨，葬楚宮傾國。釵鈿墮處遺芳澤，亂點桃蹊，輕分柳陌。多情更誰追惜？但蜂媒蝶使時叩窗槅。　東園岑寂，漸蒙籠暗碧。靜繞珍叢底，成歎息。長條故惹行客，似牽衣待話，別情無極。殘英小，強簪巾幘；終不似一朵釵頭顫裊，向人欹側。漂流處，莫趁潮汐；恐斷鴻尚有相思字，何由見得？

周邦彥也如柳永一樣喜歡塡寫長調，他的詞也善于鋪敍，但愛用古人語句，櫽括入律，雖貴人學士愛其詞，市儈妓女却絕不會「知其詞爲可愛」。倒不如他一部分的小詞較有情趣：

夜遊宮

葉下斜陽照水，捲輕浪沉沉千里。橋上酸風射眸子，立多時，看黃昏，燈火市。古屋寒窗底，聽幾片井桐飛墜。不戀單衾再三起。有誰知，爲蕭娘，書一紙？

望江南

歌席上，無賴是橫波。寶髻玲瓏欹玉燕，繡巾柔膩掩香羅，人好自宜多。 無個事，因甚歛雙蛾？淺淡梳妝疑見畫，惺忪言語勝聞歌，何況會婆娑。

紅窗迥

幾日來眞個醉，不知道窗外亂紅已深半指，花影被風搖碎。 擁春酲乍起，有個人人生得濟楚，來向耳邊問道：「今朝醒未？」情性兒慢騰騰地，惱得人又醉！

我以爲這般小詞才是邦彥的代表作，才是市儈妓女所歡迎的作品。

論者多讚美邦彥的詞，陳質齋說：「美成詞多用唐人詩䌖括入律，混然天成。長調善鋪敍，富豔精工，詞人之甲乙也。」張炎說：「美成詞渾厚和雅，善于融化詩句。」強煥說：「美成詞撫寫物態，曲盡其妙。」周濟說：「美成思力，獨絕千古。如顏平原書，雖未臻兩晉，而唐初之法，至此大備。後有作者，莫能出其範圍矣。」賀裳說：「周清眞有柳欹花嚲之致，沁人肌骨，視淮海不徒娣姒而已。」彭遹孫說：「美成詞如十三女子，玉艷珠鮮，正未可以其軟媚而少之也……。」

邦彥詞本是值得我們矜貴的，但這些批評，未免過于獎飾。即如愛用古人詩語一點，實是他作詞的毛病，故劉克莊說：「美成頗偷古句。」平心而論，邦彥雖不足預于最偉大的詞人之列，然他的詞才思渾厚，富艷精工，言情體物，窮極工巧，終不失爲一名貴詞家。若單就樂府聲律方面的造詣說，則邦彥更足以卑視前後的詞人。

○　○　○　○

隸屬于這個時期的詞人，周邦彥以外，最重要的尙有宋徽宗、晁端禮、万俟雅言諸人。

宋徽宗趙佶，神宗的第十一子。元符三年（一一〇〇）嗣位，宣和七年（一一二五）禪位于他的兒子欽宗。靖康二年（一一二七）與欽宗一同被金人擄以北去，紹興五年（一一三五）卒于五國城。傳宋徽宗詞一卷。

徽宗也是一位天生的絕代才人如李後主，他的生平際遇也與李後主相似。他做了二十六年風流快活的皇帝，又過了九年艱辛痛苦的囚犯生活。這兩種前後逈殊的生活，把他的詞風也分成兩種絕不相同的境地：在他沒有被擄以前，他酣臥在象牙之塔裏面，那時的作風是曼艷，是綺麗，讀之令人歡舞；至他被擄以後，一切的榮華都消失了，身作囚犯，精神與身體備受痛苦，這時的作風乃變爲淒涼，變爲哀怨，讀之令人欲淚。代表他前期生活的作品如探春令：

簾旌微動，峭寒天氣，龍池冰泮；杏花笑吐香紅淺，又還是春將半。　清歌妙舞從頭按，等芳時開宴。記去年對着東風，曾許不負鶯花願。

代表他的後期生活也有很好的詞例：

眼兒媚（北地）

玉京曾憶舊繁華，萬里帝王家。瓊樓玉殿，朝喧弦管，暮列笙琶。　花城人去今蕭索，春夢繞胡沙。家山何處？忍聽羌管，吹徹梅花！

燕山亭（見杏花作）

裁剪冰綃，輕疊數重，淡著臙脂勻注。新樣靚妝，艷溢香融，羞殺蕊珠宮女。易得凋零，更多少無情風雨。愁苦！閑院落淒涼，幾番春暮？　憑寄離恨重重，這雙燕何曾會人言語！天遙地遠，萬水千山，知他故宮何處？怎不思量，除夢裏有時曾去。無據！和夢也有時不做！

我們讀前面的「記去年對着東風，曾許不負鶯花願」，是何等的曼麗！到後面的「憑寄離恨重重，這雙燕何曾會人言語」，又是何等的淒涼！徽宗的詞，能艷能哀，境界至高。他在詞史上雖無重名，那是由于他傳詞太少的緣故；若論詞的藝術之高，則徽宗無疑的可與詞聖李後主並列而無愧色。

晁端禮字次膺，其先為澶州清豐人，徙家彭門。熙寧六年（一〇七三）進士。兩為縣令，忤上官坐廢。晚以蔡元長薦，作並蒂芙蓉詞以獻，徽宗覽之稱善，除大晟府協律郎，不克受而卒。有閑適集。端禮是精通聲律的詞人，其黃河清慢一詞，鉄圍山叢談謂為「天下無問遐邇小大，雖偉男髫女，皆爭唱之。」他的小詞與長調都寫得好：

宴桃源

又是青春將暮，望極桃源歸路。洞戶悄無人，空鎖一庭紅雨。凝佇，凝佇，人面不知何處。

水龍吟

倦遊京洛風塵，夜來病酒無人問。九衢雪少，千門月淡，元宵燈近。香散梅梢，凍消池面，一番春信。記南樓醉裏，西城宴闕，都不管人春困。 屈指流年未幾，早驚人潘郎雙鬢。當時體態，而今情緒，多應瘦損。馬上牆頭，縱教曾見，也難相認。恁欄干但有盈盈淚眼，把羅襟揾。

端禮傳詞不多。其長調善于鋪敍，爲世所稱。

万俟雅言自號詞隱。遊上庠不第。崇寧中充大晟府製撰，按月令用律進詞。與晁端禮齊名。著大聲集五卷。其詞如：

卓牌兒（春晚）

東風綠楊天，如畫出，清明院宇。玉艷淡泊，梨花帶月；胭脂零落，海棠經雨。單衣怯黃昏，人正在珠簾笑語。相並戲蹴秋千；共攜手，同倚闌干，暗香時度。翠窗繡戶，路繚繞，潛通幽處。斷魂凝竚，嗟不似飛絮，閑悶閑愁難消遣！此日意緒，無據！奈酒醒春去。

雅言的詞精于音律，其長調惜多應制之詞，佳作甚少；所作小詞則絕精：

昭君怨

春到南樓雪盡，驚動燈期花信。小雨一番寒，倚闌干。　莫把闌干頻倚，一望幾重烟水。何處是京華？暮雲遮。

長相思（山驛）

短長亭，古今情。樓外涼蟾一暈生，雨餘秋更淸。　暮雲平，暮山橫，幾葉秋聲和鴈聲，行人不要聽。

黃昇唐宋諸賢絕妙詞選說：「雅言之詞，詞之聖者也。發妙音于律呂之中，運巧思于斧鑿之外，平而工，和而雅，比諸刻琢句意而求精麗者遠矣。」

第二十二章　女詞人李清照等

李清照是北宋末年最偉大的詞人；她是樂府詞壇最有力的健將，樂府詞的發展，至她始達于最高的造詣與成功。

清照自號易安居士，濟南人。生于宋神宗元豐四年（一〇八一）。父名格非，是一位有名的文士，母親爲狀元王拱辰的孫女，也能屬文。清照本是天生的慧質，生長在這一對文學者的家庭中，故幼年卽通文藝。二十一歲（一一〇一）與太學生諸城趙明誠結婚，夫婦愛情甚篤。她在金石錄後序上有一段很好的文字追述她婚後的生活：

予以建中辛巳歸趙氏，時丞相（明誠父挺之）作吏部侍郎，家素貧賤。德甫（明誠字）在太學，每朔望謁告出，質衣取半千錢，步入相國寺，市碑文果實歸。相對展玩咀嚼，自謂葛天氏之民也。後二年從官，便有窮盡天下古文奇字之志……。有持徐熙牡丹圖求錢二十萬。留信宿，計無所得，捲還之，夫婦相向惋悵者數日。及連守數郡，竭俸入以事鉛槧。每獲一書，卽日勘校裝緝，得名畫彝器，亦摩玩舒卷，摘指疵病，盡一燭爲率……。每飯罷，坐歸來堂，烹茶，指堆積書史，言某事在某書某卷第幾頁第幾行，以中否勝負爲飲茶先後。中則舉，否則大笑，或至茶覆懷中不得飲而起。甘心老是鄕矣……。

這是清照一生最美滿的時期，她倆安靜地享受着愛的幸福直到她的四十七歲（靖康二年）爲止。接着金兵南犯，兩京失落，徽欽二帝被虜，她倆夫婦倉皇地避亂到南方來，從此便失却幸運了。趙明誠死于建炎三年，距她倆到南方來只有兩年。清照此後獨自奔走江南，迭遇變亂，數十年辛苦存積的書籍古器，損失大半。她後往台州依其弟。適台州有亂，乃泛海由章安輾轉至越州，復至衢州。紹興二年（一一三二）居留杭州，她年已五十二。（金石錄後序即是時作）後二年又避亂西上，與弟迒卜居金華。此後這位憂患餘生的女詞人的踪跡便不復爲世人所知道了。（一說清照晚年改嫁張汝舟，這實在是荒謬的傳說，俞正燮在他的癸巳類稿中輯的易安居士事輯已辨之甚詳。）

○　○　○　○

李清照是一位有多方面造詣的女作家。她能文能詩，亦工繪畫。但這都是她的末技。她的最大的成就是詞，她的詞把她抬到文學史上最矜貴的一個地位。

我們讀清照的詞，不可不先了解她對于詞的認識及主張。她是擁護樂府詞最用力的作者，她以爲詞必須是歌詞，她不承認不協律的長短句是詞。因此她對于許多名家詞都不滿意，她說晏殊，歐陽修、蘇軾的詞「皆句讀不葺之詩耳，又往往不協音律」；她又說：「王介甫曾子固文章似西漢，若作小歌詞，則人必絕倒，不可誦讀也。」作詞要完全協律，本不是容易的事，清照在她的詞論上說：「詩分平仄，而歌詞分五音，又分五聲，又分六律，又分清濁輕重。且如近世所謂聲聲慢、雨中花、喜遷鶯，既押平聲，又押入聲；玉樓春本押平聲，又押上去聲，又押入聲。本押仄聲韻，如押上聲則協；如押入聲，則不可歌矣。」

要遵守詞的嚴格的音律，又要致力于意境情感的盡量表現，眞是兩難的工作。周邦彥號稱樂府詞名家，他的作品尙不免刻劃過甚，意境貧乏，失却詞的自然。在這裏我們不能不謳歌李清照的偉大了。她的詞不僅具有諧協的聲律，美妙的字句，完成了詞的形體美；而且能不露痕跡，自然地把她的意境情感在詞裏盡量表現出來。樂府詞至李清照，其技巧與運用，可謂盡善盡美了。往下，且看她的詞吧。

清照的詞風，隨着她的生活的變遷，分成兩個絕不相同的時期。在她四十七歲以前，跟着她的丈夫做官，身心浸潤在歡愉的愛情裏的時候，那時的詞風是一種境地；及南渡以後，愛人與愛物皆喪亡，倉皇避亂，飄泊無家，無時不在憂患孤寂之中，那時的詞風又是一種境地。她前期的作品，綽約輕倩，嫵媚風流，一如良珠美玉之令人把玩不忍釋手：

如夢令

常記溪亭日暮，沉醉不知歸路。興盡晚回舟，誤入藕花深處。爭渡，爭渡，驚起一灘鷗鷺。

又

昨夜雨疏風驟，濃睡不消殘酒。試問捲簾人：却道「海棠依舊」。知否？知否？應是綠肥紅瘦！

減字木蘭花

賣花擔上，買得一枝春欲放。淚點輕勻，猶帶彤霞曉露痕。　怕郎猜道，奴面不如花面好；雲鬢斜簪，徒要教郎比並看。

一剪梅

紅藕香殘玉簟秋，輕解羅裳，獨上蘭舟。雲中誰寄錦書來？鴈字回時，月滿西樓。花自飄零水自流，一種相思，兩處閑愁。此情無計可消除，纔下眉頭，却上心頭。

醉花陰（九日）

薄霧濃雲愁永晝，瑞腦銷金獸。佳節又重陽，玉枕紗幮，半夜凉初透。　東籬把酒黃昏後，有暗香盈袖。莫道不銷魂，簾捲西風，人比黃花瘦。

清照的詞是最能夠表現女性的優美的情調的。以前一切男性詞人所代寫的「閨情」，所代寫的「婦人語」，放在清照之前，都要黯然無色。相傳清照結婚不久，其夫明誠遠爾出遊。她嘗寄以一剪梅、醉花陰等詞。明誠思勝之，苦吟至忘寢食者三日夜，得五十餘闋，雜清照的重陽醉花陰詞，以示友人陸德夫，德夫玩誦再三，說：「只有『莫道不消魂，簾捲西風，人比黃花瘦』三句絕佳」。正是清照之作。（據瑯環記）這段記載很好。一顆燦爛的星光，決不是幾十盞人間的燈火所能掩罩其光輝的。

清照後期的詞，多愁苦之作，讀之令人悽愴欲絕：

武陵春

風住塵香花已盡，日晚倦梳頭。物是人非事事休，欲語淚先流。　聞說雙溪春尚好，也擬汎輕舟。只恐雙溪舴艋舟，載不動，許多愁！

浪淘沙

簾外五更風，吹夢無踪。畫樓重上與誰同？記得玉釵斜撥火，寶篆成空。　回首紫金峯，雨潤烟濃。一江春浪醉醒中。留得羅襟前日淚，彈與征鴻。

清照善寫愁苦悽惻之詞。特別是她的長調，能以最佳美的鋪敍，寫清新的情思；佳製甚多：

鳳凰台上憶吹簫

香冷金猊，被翻紅浪，起來慵自梳頭。任寶奩塵滿，日上簾鈎。生怕離懷別苦，多少事欲說還休。新來瘦，非干病酒，不是悲秋。　休！休！這回去也，千萬遍陽關，也則難留。念武陵人遠，烟鎖秦樓。惟有樓前流水，應念我終日凝眸。凝眸處，從今又添一段新愁。

壺中天慢

蕭條庭院，又斜風細雨，重門須閉。寵柳嬌花寒食近，種種惱人天氣。險韻詩成，扶頭酒醒，別是閑滋味。征鴻過盡，萬千心事難寄。　樓上幾日春寒，簾垂四面，玉闌干慵倚。被冷香消新夢覺，不許愁人不起。清露晨流，新桐初引，多少遊春意。日高煙斂，更看今日晴未？

聲聲慢

尋尋覓覓，冷冷清清，悽悽慘慘戚戚。乍暖還寒時候，最難將息。三杯兩盞淡酒，怎敵他晚來風急？雁過也，正傷心，却是舊時相識。　滿地黃花堆積，憔悴損，而今有誰堪摘？守着窗兒，獨自怎生得黑！梧桐更兼細雨，到黃昏點點滴滴。這次第，怎一個愁字了得！

清照作詞，工于造語。看來都是淺俗的字句，而一經她的運用，便成絕妙好詞。如鳳凰台上憶吹簫，通篇未用一事一典，而語意並工。壺中天慢的「寵柳嬌花」，語極新麗，前此未有能道之者；「清露晨流，新桐初引，」則引用世說新語句，融化渾然；「被冷香消新夢覺，不許愁人不起，」則思意雖淺，而詞語異常雋妙。至于聲聲慢的「尋尋覓覓，冷冷清清，悽悽慘慘戚戚」，與「到黃昏點點滴滴」，則直如公孫大娘舞劍，直如「大珠小珠落玉盤」，在詞史上眞不容許有第二首這樣的傑作矣。

○　○　○　○

清照的詞有如此崇高的造詣，自是由于她有稟賦獨厚的創作天才，又有豐富迴盪的生活做文藝的背境；但同時我們也不可忽視她獻身于文藝的虔誠：我們讀了她的金石錄自敘與後敘，知道她少年時卽有窮盡天下古文奇字之志；她夫婦數十年辛苦地收藏書籍至若干萬卷，日事研究考訂，自以爲葛天氏之民，那是何等的學者精神！她創作的熱力，到晚年還沒有衰歇。清波雜誌載：

明誠在建康日，易安每值天大雪，卽頂笠披蓑，循城遠覽，以尋詩。得句必邀其夫賡和。明誠每苦之。

這段話記得很有意思。于此可以窺見她的愛好自然與愛好藝術；可見她生活的藝術化；可見她把自己的生命貢獻給文學。她創作的成績極豐富，宋史藝文志謂其詞有六卷行于世。今雖僅存一卷，只遺留五六十首詞在人間，然沒有一首詞不是精金粹玉之作。

我們對于這位珍貴的女詞人，實在想不出什麼話能夠形容她的偉大。詞家之有二李，李後主與李清照，眞是詞史上的「雙聖」呢！

〇　〇　〇　〇

北宋婦女能詞者，李清照而外，尙有魏夫人者，與李齊名于當時，亦有名貴的作品傳世。

魏夫人，名不詳。襄陽人。丞相曾布妻。朱熹甚稱道之，謂「本朝婦人能文者，唯魏夫人及李易安二人而已」。她能詩，詞尤擅長，曾慥樂府雅詞傳其詞十首，皆情思妙婉之作。

例如：

菩薩蠻

溪山掩映斜陽裏，樓台影動鴛鴦起。隔岸兩三家，出牆紅杏花。　綠楊堤下路，早晚溪邊去。三見柳綿飛，離人猶未歸。

減字木蘭花

落花飛絮，杳杳天涯人甚處？欲寄相思，春盡衡陽雁漸稀。　離腸淚眼，腸斷淚痕流不斷。明月西樓，一曲欄干一倍愁！

夫人詞雖不多，然其佳者，固不多讓李清照也。

梅磵詩話載：「靖康間，金人至闕，陽武令蔣興祖死之，其女被擄至雄州驛，題詞驛中。」其詞爲減字木蘭花：

朝雲橫度，轆轆車聲如水去。白草黃沙，月照孤村三兩家。　飛鴻過也，百結愁腸無晝夜。漸近燕山，回首鄉關歸路難。

能改齋漫錄載：「宣和間，有題陝府驛壁云：『幼卿少與表兄同研席，雅有文字之好，未笄，兄欲締姻，父母以兄未祿，難其請，遂適武弁。兄登甲科，職洮房，而良人統兵陝右，相與邂逅于此，兄鞭馬略不相顧，豈前憾未平耶？因作浪淘沙以寄情。」其詞云：

極目楚天空，雲雨無蹤。謾留遺恨鎖眉峯。自是荷花開較晚，孤負東風。　客館嘆飄蓬，聚散忽忽。揚鞭那忍驟花驄？望斷斜陽人不見，滿袖啼紅。

相傳有吳城小龍女者，曾題江亭怨詞于荆州亭壁間，（據詞綜與詞譜轉錄冷齋夜話所載）爲黃庭堅所發現者，其詞甚佳：

簾捲曲闌獨倚，江展暮雲無際。淚眼不曾晴，家在吳頭楚尾。　數點落花亂委，撲鹿沙鷗驚起。詩句欲成時，沒入蒼烟叢裏。

北宋的婦女詞壇。不僅名家閨秀優爲之，卽歌伎亦多能詞者，以其應歌之需要，容易通文也。相傳有杭州妓琴操，竟以改作秦觀的滿庭芳而負盛名，殊爲難能。其故事據能改齋漫錄是這樣記載的：「西湖有一倅，閑唱少遊滿庭芳，誤舉『畫角聲斷斜陽』。琴操在側云：『譙門，非斜陽也。』倅因戲曰：『爾可改韻否？』琴操卽改作『陽』字韻。東坡聞而賞之。」其詞云：

山抹微雲，天連衰草，畫角聲斷斜陽。暫停征轡，聊共飲離觴。多少蓬萊舊侶，頻囘首，煙靄茫茫。孤村裏，寒鴉萬點，流水繞紅牆。　魂傷，當此際，輕分羅帶，暗解香囊。謾贏得青樓薄倖名狂。此去何時見也？襟袖上，空有餘香。傷心處，高城望斷，燈火已昏黃。

婦女詞至北宋末年始盛，南渡以後，便格外起勁地發達起來了。

第二十三章　北宋詞人補誌

前面未及敍錄的北宋詞人，茲爲補誌如下：

潘閬　字逍遙，大名人。嘗居錢塘。太宗召對，賜進士第。坐事遁中條山，後收繫。眞宗釋其罪，以爲滁州參軍。有逍遙詞一卷。嘗作憶餘杭三首，一時盛傳。今舉其一首爲例：

長憶孤山，山在湖心如黛簇。僧房四面向湖開，輕舟去還來。　芰荷香細連雲閣，閣上清聲檐下鐸。別來塵土汚人衣，空役夢魂飛。

陸子遹稱他的詞：「句法清古，語帶煙霞，近時罕及。」

夏竦　字子喬，江州德安人。舉賢良方正。慶曆中，同中書門下平章事，封英國公。進鄭國公。卒贈大師中書令，謚文莊。有集。所傳詞以宮詞喜遷鶯令最著名：

霞散綺，月垂鈎，簾卷未央樓。夜涼銀漢截天流，宮闕鎖淸秋。　瑤台樹，金莖露，鳳髓香盤煙霧。三千珠翠擁宸游，水殿按涼州。

詞品稱此詞「富艷精工，誠爲絕唱」。

聶冠卿 字長孺，新安人。舉進士。慶曆中，入翰林爲學士，判昭文館兼侍讀學士。有蘄春集。以長調多麗一詞爲世人所稱：

想人生，美景良辰堪惜。向其間，賞心樂事，古來難是幷得。況東城，鳳台沁苑，泛晴波，淺照金碧。露洗華桐，煙霏絲柳，綠陰搖曳，蕩春一色。畫堂迥，玉簪瓊佩。高會盡詞客。清歡久，重燃絳蠟，別就瑤席。　有飄若驚鴻體態，暮爲行雨標格。逞朱唇，緩歌妖麗，似聽流鶯亂花隔。慢舞縈回，嬌鬟低嚲，腰肢纖困無力。忍分散，彩雲歸後，何處更尋覓？休辭醉，明月好花，莫謾輕擲。

黃昇說：「冠卿詞不多見，如此篇，亦可謂才情富麗矣。」

鄭獬 字毅夫，安陸人。皇祐五年舉進士第，累官翰林學士。爲王安石所惡，出爲侍讀學士，知杭州，徙青州。有鄖溪集。詞有詠初春的好事近極佳：

江上探春回，正值早梅時節。兩行小槽雙鳳，按涼州初徹。　謝娘扶下繡鞍來，紅靴踏殘雪。歸去不須銀燭，有山頭明月。

韓維 字持國，雍丘人。神宗時，累遷翰林學士，知開封府。後爲學士承旨。哲宗立，拜門下侍郎，以太子少傅致仕。紹聖中入元祐黨籍，謫均州安置。維嘗封南陽郡公，所著曰南陽集。今傳南陽詞一卷。例如踏莎行（次韻范景仁寄子華）：

歸雁低空，游蜂趁暖，憑高目向西雲斷。具茨山外夕陽多，展江亭下春波滿。雙桂情深，千花明煥，良辰誰是同遊伴？辛夷花謝早梅開，應須次第調絃管。

章讓　字子駿，錢塘人。皇祐進士。靖國中除知明州。以左朝議大夫提舉杭州洞霄宮。工詩文，有錢塘集。今傳章先生詞一卷。詞如減字木蘭花（惜春詞）

人生可意，祇說功名貪富貴。遇景開懷，且盡生前有限杯。　韶華幾許，鶗鴂聲殘無覓處。莫自因循，一片花飛減却春。

張伯端　天台人。熙寧間遊蜀，遇劉海蟾，授以金液還丹火候之訣。乃改名用成，字平叔，號紫陽。著有悟眞篇。卒于元豐間，年九十九。其詞今傳紫陽眞人詞一卷。多言修煉之道，殊乏詞趣。

石延年　字曼卿，宋州人。補三班奉職，累遷大理寺丞，通判海州，終校理。詞著捫蝨芥長短句，今不傳。玆舉其燕歸梁爲例：

芳草年年惹恨幽，想前事悠悠。傷春傷別幾時休？算從古，爲風流。　春山總把，深勻翠黛，千疊在眉頭。不知供得幾多愁，更斜日凭危樓。

韓縝　字玉汝，靈壽人。第進士。神宗朝累知樞密院事。哲宗朝拜尚書右僕射兼中書侍郎，出知潁昌府。以太子太保致仕。卒贈司空崇國公，謚莊敏。有芳草詞著稱于世：

鎖離愁，連綿無際，來時陌上初熏。繡幃人念遠，暗垂珠露，泣送征輪。長行長在眼，更重重，遠水孤村。但望極樓高，盡日目斷王孫。消魂！池塘從別後，曾行處，綠妒輕裙。恁時攜素手，亂花飛絮裏，緩步香茵。朱顏空自改。向年年，芳意長新。遍綠野，嬉游醉眼，莫負青春。

李甲　字景元，華亭人。其事蹟不詳。樂府雅詞錄其詞八首，多長調。今舉其帝台春詞爲例；

芳草碧色，萋萋遍南陌。暖絮亂紅，也知人，春愁無力。憶得盈盈拾翠侶，共攜賞鳳城寒食。到今來，海角逢春，天涯爲客。愁旋釋，還似織；淚暗拭，又偷滴。謾竚立，倚遍危欄，儘黃昏，也只是暮雲凝碧。拚則而今已拚了，忘則怎生便忘得？又還問鱗鴻，試重尋消息。

景元作詞，善于鋪敘，辭情相稱，很有柳永秦觀一派的風味。

李廌　字方叔，華山人。鄉舉，試禮部不遇，乃絕意進取。爲蘇軾門下士。有月巖集。所作詞不多，例如虞美人：

玉闌干外淸江浦，渺渺天涯雨。好風如扇雨如簾，時見岸花汀草漲痕添。　青林枕上關山路，臥想乘鸞處。碧蕪千里思悠悠，惟有霎時涼夢到南州。

王仲　字與善，元祐間人。傳燭影搖紅詞甚佳：

烟雨江城，望中綠暗花枝少。惜春長待醉東風，却恨春歸早。　縱有幽歡會巧，奈如今風情漸老。鳳樓何處，畫欄愁倚，天涯芳草。

朱服　字行中，烏程人。熙寧中進士。哲宗朝歷中書舍人，禮部侍郎。徽宗朝加集賢殿修撰，知廣州，黜知袁州，再貶蘄州安置。其小詞頗有雋語，例如漁家傲：

小雨纖纖風細細，萬家楊柳青煙裏。戀樹濕花飛不起，愁無際，和春付與東流水。

九十光陰能有幾？金龜解盡留無計。寄語東陽沽酒市，拚一醉，而今樂事他年淚。

章楶　字質夫，浦城人。試禮部第一。累擢樞密直學士，龍圖閣端明殿學士，拜同知樞密院事。卒贈右銀青光祿大夫，諡莊簡。他作的一首詠柳花的水龍吟詞很有名：

燕忙鶯懶芳殘，正堤上柳花飄墜。輕飛亂舞，點畫青林，全無才思。閑趁游絲，靜臨深院，日長門閉。傍珠簾散漫，垂垂欲下，依前被風扶起。　蘭帳玉人睡覺，怪春衣雪沾瓊綴。繡床漸滿香球無數，才圓却碎。時見蜂兒仰粘輕粉，魚吞池水。望章台路杳，金鞍遊蕩，有盈盈淚。

此詞形容曲致，有詠柳花詞以來，這要算是最佳美的一首。黄昇特別稱道他的「傍珠簾散漫，垂垂欲下，依前被風扶起」數句。

舒亶　字信道，慈谿人。試禮部第一，累官御史丞。以罪被斥，終直龍圖閣待制。卒贈直學士。有信道詞，樂府雅詞傳其詞四十八首，菩薩蠻調最多，佔二十首。他的小詞和長調都極有情味：

散天花（次師能韻）

雲斷長空葉落秋，寒江烟浪靜，月隨舟。西風偏解送離愁，聲聲南去雁，下汀洲。　無奈多情去復留，驪歌齊唱罷，淚爭流。悠悠別恨幾時休？不堪殘酒醒，凭危樓。

滿庭芳（次馮通直韻）

紅蓳飄零，寒烟疎淡，樓台半在雲間。望中風景，圖畫也應難。又是重陽過了，東籬下，黄菊闌珊。陶潛病，風流載酒，秋意與人閑。　霞冠欹倒處，瑤台唱罷，如夢中還。但醉裏贏得，滿眼青山。華髮看看滿，也留不住當日朱顏。平生事，從頭話了，獨自却凭欄。

李淸臣字邦直，魏人。舉進士。歷官知制誥，翰林學士，遷尚書左丞，尋拜中書侍郎，以大學士知河南府。徽宗初立，入爲門下侍郎，出知大名府。卒贈金紫光祿大夫。其小詞亦淸雋可喜，例如謁金門：

楊花落，燕子橫穿朱閣。苦恨春醪如水薄，閑愁無處着。　綠野帶紅山落角，桃杏參差殘蕚。歷歷危檣沙外泊，東風晚來惡。

王詵字晉卿，太原人，徙居開封。歷官定州觀察使，駙馬都尉，贈昭化軍節度使，謚榮安。詵爲人風流蘊藉，能詩善書畫，所作小詞亦佳，例如憶故人：

燭影搖紅向夜闌，乍酒醒，心情懶。尊前誰爲唱陽關，離恨天涯遠。　無奈風消雨散，凭欄干，東風淚眼。海棠開後，燕子來時，黃昏庭院。

王安國字平甫，臨川人。安石之弟。舉進士，又舉茂才異等。熙寧初除西京國子教授，終祕閣校理。有王校理集。詞如減字木蘭花：

畫橋流水，雨濕落紅飛不起。月破黃昏，簾裏餘香馬上聞。　徘徊不語，今夜夢魂何處去？不似垂楊，猶解飛花入洞房。

秦觀　字少章，高郵人。秦觀之弟。所傳詞雖不多，而有極佳者，如蝶戀花：

妾本錢塘江上住，花落花開，不管流年度。燕子銜將春色去，紗窗幾陣黃梅雨。斜插犀梳雲半吐，檀板輕敲，唱徹黃金縷。夢斷綵雲無覓處，夜涼明月生南浦。

這首詞為當代所傳誦，亦稱為黃金縷。

孔平仲　字毅甫，新淦人。舉進士，為集賢校理。徙知衡州，謫惠州別駕　。徽宗即位，召為戶部員外郎，遷金部郎中。出使陝西，帥鄜、延、環慶。晚罷主兗州景靈宮。平仲長于文史，詞亦有佳者，如千秋歲（次韻少游見贈）：

春風湖外，紅杏花初退。孤館靜，愁腸碎，淚餘痕在枕。別久香銷帶。新睡起，小園戲蝶飛成對。　惆悵人誰會，隨處聊傾蓋。情暫遣，心何在？錦書消息斷，玉漏花陰改。遲日暮，仙山杳杳空雲海。

米芾　字元章，吳人。歷官太常博士，知無為軍，召為書畫學博士，擢禮部員外郎，出知淮陽軍。有襄陽集。詞傳寶晉長短句一卷。例如菩薩蠻：

蒹葭風外煙籠柳，數疊遙山眉黛秀。微雨過江來，煩襟為一開。　沙邊臨望處，紫燕雙飛語。舉酒送飛雲，夜涼愁夢頻。

黃裳 字勉仲，延平人。歷官端明殿學士，贈少傳。有演山詞二卷。其詞之佳者如雨霖鈴：

天南游客，甚而今却送君南國？西風萬里無限，吟蟬暗續，離情如織。秣馬脂車，去卽去，多少人惜。望百里烟慘雲山，送兩城愁作行色。　飛帆過，浙西封域。到秋深，且艤荷花澤。就船買得鱸鱖。新穀破，雪堆香粒。此與誰同？須記東秦有客相憶。願聽了一闋歌聲，醉倒拚今日。

程過 字觀過。其事蹟不詳。所作詞雖不多，而情思婉約，有極佳者，例如謁金門：

江上路，依約數家烟樹。一枕歸心村店暮，更亂山深處。　夢過江南芳草渡，曉色又催人去。愁似遊絲千萬縷，倩東風約住。

陳亞 字亞之，揚州人。嘗知潤州，仕至司封郎中。（一云太常少卿）有澄源集。吳處厚稱其所作「雖一時俳諧之詞，寄興亦有深意。」今舉其生查子一詞爲例：

相思意已深，白紙書難足。字字苦參商，故要檀郎讀。　分明記得約當歸，遠至櫻桃熟。何事菊花時，猶未囘鄉曲？

張舜民　字芸叟，邠州人。第進士。元祐初，除監察御史。徽宗朝爲吏部侍郎，以龍圖閣待制，知同州。坐黨籍，貶商州卒。舜民自號浮休居士，又號矴齋。傳畫墁詞一卷。今舉其題岳陽樓的賣花聲詞爲例：

木葉下君山，空水漫漫。十分斟酒斂芳顏。不是渭城西去客，休唱陽關。　醉袖撫危欄，天淡雲閑。何人此路得生還？囘首夕陽紅盡處，應是長安。

王雱　字元澤，安石之子。臨川人。舉進士。累官天章閣待制兼侍講，遷龍圖閣直學士，卒贈左諫議大夫。所作眼兒媚傳誦一時：

楊柳絲絲弄輕柔，烟縷織成愁。海棠未雨，梨花先雪，一半春休。　而今往事難重省，歸夢遶秦樓。相思只在，丁香枝上，荳蔻梢頭。

陳瓘　字瑩中，號了翁，沙縣人。禹偁之子。元豐二年進士。徽宗朝歷右司諫，權給事中。崇寧中以黨籍除名，編隸台州，移楚州卒。贈諫議大夫，謚忠肅。有了齋集。樂府雅詞傳其詞十七首，例如卜算子：

只解勸人歸，都不留人住。南北東西總是家，勸我歸何處？　去住總由天，天意人難留。若得歸時我自歸，何必閑言語！

劉弇　字偉明，江西安福人。元豐二年進士，復中詞科。歷官知峨嵋縣，改太學博士。元符中，進大禮賦，除祕書省正字。徽宗立，改著作佐郎，實錄院檢討。有龍雲集。詞傳龍雲先生樂府一卷。例如清平樂：

東風依舊，著意隋堤柳。搓得鵝兒黃欲就，天氣清明時候。　去年紫陌青門，今朝雨魄雲魂。斷送一生憔悴，能消幾個黃昏？

李元膺　東平人，南京教官。所傳詞不多，其佳者亦清蔚可誦，如茶瓶兒：

去年相逢深院宇，海棠下曾歌金縷。歌罷花如雨，翠羅衫上，點點紅無數。今歲重尋攜手處，空物是人非春暮。回首青門路，亂英飛絮，相逐東風去。

據說這首詞是元膺悼亡妻之作。

蘇過　字叔黨，軾之幼子。初監太原府稅，次知穎昌府郎城縣，皆以法令罷。晚權通判中山府。家穎昌，營湖陰水竹數畝，名曰小斜川。自號斜川居士。時稱小坡。有斜川集。詞傳點絳唇甚雋美：

高柳蟬嘶，采菱歌斷秋風起。晚雲如髻，湖上山橫翠。　簾卷西樓，過雨涼生袂。

天如水，書闌十二，少個人同倚。

黃昇說過「此詞作時，方禁坡文，故隱其名以傳于世。今或以爲汪彥章所作，非也」。

廖行之字天民，衡陽人。詞傳省齋詩餘一卷。他的詞亦有很佳者，例如青玉案（重九憶羅舜舉）：

家山去此無多路，久沒個音書去。一別而今佳節度。黃花開未？白衣到否？籬落荒涼處。　崢嶸歲月還秋暮，空腹便便無好句。菊意從期開未許。那堪惹恨，年來此日，長是蕭蕭雨。

謝邁字幼槃，逸之從弟。布衣士也。著有竹友詞一卷。其詞之佳者與逸相伯仲，如蝶戀花：

一水盈盈牛女渡，目送經年，脉脉無由語。後夜鵲橋知暗度，持杯乞與閑情緒。　君以庾郎愁幾許？萬斛愁生，更作征人去。留定征鞍君且住，人間豈有無愁處！

吳則禮字子副，興國人。他的生平事蹟不詳。詞傳北湖詩餘一卷。今舉其虞美人詞爲例：

斑斑小雨，初入高梧黃葉暮。又是重陽，昨夜西風作許涼。　鮮鮮叢菊，只解凋人雙鬢綠。試傍清樽，分付幽香與斷魂。

田不伐　他的字里生平不詳。黃昇唐宋諸賢絕妙詞選稱其「工于樂府」，錄詞二首。今舉其一首詠春思的南柯子爲例：

團玉梅梢重，香羅芰扇低。簾風不動蝶交飛，一樣綠陰庭院鎖斜暉。　對月懷歌扇，因風念舞衣。何須惆悵惜芳菲，拚却一年憔悴待春歸。

曹組　字元寵，潁昌人。宣和三年進士。召見玉華閣，帝親作書以賜之曰：「曹組文章之士。」官至副使。有箕潁集。樂府雅詞傳其詞三十一首，今舉點絳唇爲例：

雲透斜陽，半樓紅影明窗戶。暮山無數，歸雁愁邊度。　十里平蕪，花遠重重樹。空凝竚，故人何處，可惜春將暮。

相傳宋徽宗極激賞此詞「暮山無數，歸雁愁邊度」之句。

杜安世　字壽域，京兆人。其事蹟不詳。有壽域詞一卷。其詞之佳者如卜算子：

樽前一曲歌，歌裏千重意。纔欲歌時淚已流，恨更多于淚。　試問緣何事，不語渾如醉。我亦情多不忍聞，怕和我成憔悴。

徐伸　字幹臣，三衢人。政和初，以知音律爲太常典樂，出知常州。有青山樂府傳于世。例如二郎神：

悶來彈鵲，又攪碎一簾花影。謾試著春衫，還思纖手，熏徹金猊燼冷。動是愁端如何向？但怪得新來多病。嗟舊日沈腰，而今潘鬢，怎堪臨鏡！　重省，別時淚漬，羅襟猶凝。料爲我厭厭，日高慵起。長托春酲未醒。雁足不來，馬蹄難去，門掩一庭芳景。空竚立，盡日闌干倚遍，晝長人靜。

黃昇稱他「惟此一曲天下稱之」。

李邴　字蕭遠。官至尙書郎。宣和間，責監漢陽酒稅。邴少有詩名。他的詞樂府雅詞傳十四首，例如采桑子：

恨君不似江樓月，南北東西，南北東西，只有相隨無別離。　恨君却似江樓月，暫滿還虧，暫滿還虧，待得團圓是幾時？

此詞頗新穎可愛。作者的小詞很多清雋的白話詞，其詠梅的一首虞美人亦佳：

梅花自是于春嬾，不是春來晚。看伊開在衆花前，便道與春無分結因緣。　風前月下頻相就，笑我如伊瘦。幾囘衝雨過疏籬，已見一番青子綴殘枝。

王寀　字輔道，（一云字道輔）德安人。官校書郎，翰林學士，兵部侍郎。宣和中，以左道爲林靈素所陷棄市。其詞如玉樓春：

秋閨思入江南遠，簾幙低垂閑不捲。玉珂聲斷曉屏空，好夢驚回還起嬾。　風輕只覺香烟短，陰重不知天色晚。隔窗人語退朝歸，旋整宿妝勻睡眼。

蘇庠　字養直，丹陽人。紹聖中同徐俯薦於朝，不起。自放江湖間，號後湖居士，有後湖集一卷。詞如菩薩蠻（自宜興還西岡作）：

園林寂寂春歸去，濛濛柳下飄香絮。野水接雲橫，綠烟啼曉鶯。　江南鶗鴂夢，山色朝來重。小艇小灣頭，蘋花蘋葉洲。

徐積　字仲章，楚州山陽人。中進士第。除揚州司戶參軍，楚州教授，改和州防禦推官，徽宗初立，改宣德郎，卒贈諡節孝處士。有集。作漁父樂詞極佳：

水曲山隈四五家，夕陽烟火隔蘆花。漁唱歌，醉眠斜，綸竿簑笠是生涯。

蔣子雲　字元龍。事蹟不詳。他的詞傳者僅好事近、阮郎歸、烏夜啼三首，皆雋妙小詞。今舉其烏夜啼爲例：

小桃落盡殘紅，夜來風。又是一番春事，不從容。　翠屏掩，芳信斷，轉愁濃。可惜日長閑暇小簾櫳。

宋齊愈字退翁，一云字文淵。宣和間爲太學官，終諫議大夫。嘗作梅詞眼兒媚應制，傳誦一時：

霏霏疏影轉征鴻，人語暗香中。小橋斜渡，曲屏深院，水月濛濛。　人間不是藏春所，玉笛曉霜空。江南處處，黃垂密雨，綠漲薰風。

宋徽宗說：「宋齊愈梅詞，非惟不經人道，且自開花說至結子黃熟，并天氣亦言之，可謂盡致矣。」

沈會宗字文伯。他的事蹟不詳。樂府雅詞載其詞十六首，多可誦者，今舉他的小重山詞爲例：

花過園林清蔭濃。琅玕新脫箭，綠叢叢。雨聲只在小池東。閑欹枕，直面芰荷風。長日蔽簾櫳，輕塵飛不到，畫堂空。一樽今夜與誰同？人如玉，相對月明中。

何大圭字晉之，廣德人。政和八年進士。仕爲祕書省著作郎。所作詞以小重山最著稱于世：

綠樹鶯啼春正濃，釵頭青杏小，綠成叢。玉船風動酒鱗紅，歌聲咽，相見幾時重？車馬去匆匆，路隨芳草遠，恨無窮。相思只在夢魂中。今宵月，偏照小樓東。

王安中　字履道，陽曲人。第進士。政和中，擢御史中丞。以疏劾蔡京，遷翰林學士。金人來歸燕，授燕山府路宣撫使。後爲言者所論，責象州安置。其爲人反覆炎涼，雖不足道；然才華富艷，實不可掩。著初寮前後集五十卷。今僅傳初寮詞一卷。例如蝶戀花：

千古銅台今莫問，流水浮雲，歌舞西陵近。烟柳有情看不盡，東風約定年年信。

天與麟符行樂分，帶緩裘輕，雅宴催雲鬢。翠霧縈紆銷篆印，箏聲恰度秋鴻陣。

楊适　字時可，棣州人。年十八登進士第。未肯出仕，從陳師道學詩。晚爲尚書比部外郎。其詞以送何子逕的南柯子最佳：

怨草迷南浦，愁花傍短亭。有情歌酒莫催行，看取無情花草也關情。　舊日臨岐曲，而今忍淚聽。淮山何在，暮雲平，待倩春風吹夢過江城。

謝克家　字任伯。官參政。他在當世並無文名，惟以送徽宗車駕北行之憶君王詞著稱于世：

依依宮柳拂宮墻，樓殿無人春晝長，燕子歸來依舊忙。憶君王，月照黃昏人斷腸！

語意悲涼，令人不忍卒讀，其佳處不減後主詞矣。

方喬　樂至人。其生平事蹟不詳。所作詞雖不多，而有極佳者，如他贈紫竹的生查子郎是一首不可多得的絕妙小詞：

晨鶯不住啼，故喚愁人起。無力曉妝慵，閑弄荷錢水。　欲呼女伴來，門草花陰裏。嬌極不成狂，更向屏山倚。

顏博文　字持約，德州人。靖康初，官著作佐郎。金人立楚時，充事務官，草勸進表。南渡初，竄灃州，移賀州死。其詞如西江月：

草草書傳錦字，厭厭夢繞梅花。海山無計住星槎，腸斷芭蕉影下。　缺月舊時庭院，飛雲到處人家。而今憔悴鬢先華，說着多情已怕！

阮閱　字閎修，舒城人。宣和中，知郴州，建炎初，知袁州。著有松菊集及詩話總龜。其小詞之佳者，如寫離情之眼兒媚：

樓上黃昏杏花寒，斜月小闌干。一雙燕子，兩行征雁，畫角聲殘。　綺窗人在東風裏，洒淚對春閑。也應似舊，盈盈秋水，淡淡春山。

黃昇稱博文此作「詞簡意遠，佳作也」。

李重元　重元的字里生平，全不可考。草堂詩餘與唐宋諸賢絕妙詞選均載有他的詞，例如憶王孫：

萋萋芳草憶王孫，柳外樓高空斷魂。杜鵑聲聲不忍聞。欲黃昏，雨打梨花深閉門。

按此詞或題秦觀作，又題李甲作。李甲字景元，疑草堂詩餘等書之作重元，也許是景元之誤書。

魯逸仲 逸仲的字里生平亦不可考。黃昇稱其詞意婉麗似万俟雅言。今其詞之傳者僅南浦一首：

風悲畫角，聽單于，三弄落譙門。投宿駸駸征騎，飛雪滿孤村。酒市漸闌燈火，正敲窗，亂葉舞紛紛。送數聲驚雁，乍離煙水，嘹唳度寒雲。 好在半朧淡月，到如今，無處不銷魂。故國梅花歸夢，愁損綠羅裙。為問暗香閑艷，也相思萬點付啼痕。算翠屏應是，兩眉餘恨倚黃昏。

唐庚 字子西，眉山人。累為學官，擢京畿提舉常平。後坐貶惠州。有詩文十七卷行于世，詞如訴衷情：

平生不會斂眉頭，諸事等閑休。元來却到愁處，須着與他愁。 殘照外，大江流，去悠悠。風悲蘭杜，烟淡滄浪，何處扁舟！

僧揮 揮姓張，字仲殊，安州人。第進士。棄家為僧，居杭州吳山寶月寺。有詞七卷。黃昇最稱道其訴衷情一詞，謂高處不減唐人風致。他的小令佳者甚多，今舉其南歌子詞爲例：

十里青山遠，潮平路帶沙。數聲啼鳥怨年華，又是淒涼時候在天涯。　白露收殘暑，清風襯晚霞，綠楊堤畔鬧荷花，記得年時沽酒那人家。

僧祖可　字正平，丹陽人。蘇伯固之子。住廬山。與陳師道、徐俯、謝逸諸人參預江西詩社。有東溪集。他工于詩，其詞尤佳，例如小重山：

誰向江頭遺恨濃？碧波流不斷，楚山重。柳烟和雨隔疏鐘。黃昏後，羅幕更朦朧。桃李小園空，阿誰猶笑語，拾殘紅。珠簾卷盡夜來風。人不見，春在綠蕪中。

釋惠洪　惠洪姓彭，字覺範，筠州人。著有石門文字禪、筠溪集、天廚禁臠、冷齋夜話等書。工詞，其佳者如和賀方回的青玉案：

綠槐煙柳長亭路，恨取次分離去。日永如年愁難度。高城回首，暮雲遮盡，目斷知何處？　解鞍旅舍天將暮，暗憶丁寧千萬句。一寸柔腸情幾許？薄衾孤枕，夢回人靜，到曉瀟瀟雨。

許彥周稱他「善作小詞，情思婉約似秦少游」。

以上共錄北宋詞人五十七家。考其生平，亦有入南宋者，而皆聞名于北宋，故著錄于此。其南渡後始負盛譽，任要職，或居南宋甚久者，悉見下編。